散淡書懷
總關情

張素貞——著

序　天地有情，散淡不得

青壯時，我喜愛龔定庵的《己亥雜詩》：「陶潛酷似臥龍豪，萬古潯陽松菊高。莫道詩人竟平淡，二分梁甫一分騷。」陶淵明並非全然的隱者，少壯時有志用世，跟諸葛亮一樣豪邁；好為《梁甫吟》，也能作《離騷》。我們平時無論個人的職位高低，生活的閱歷深淺，自我存在的社會環境就是一個小宇宙，盡本分，為所能，盡其在我，這是我的座右銘。我習慣閱讀，教學、研究略有成績。退休後，優雅轉身，安閑自得。歲月靜好，十五年來，勤讀書、做札記，學思、寫作，我的日子充實、恬靜。我讀書，心中喜悅。閒情仍有，曾經歆羨的散淡悠遊卻不能得。每當瀏覽到深情婉轉、運思沉重，或豪氣干雲、壯懷激昂的作品，我的心情總隨著起伏，回復青壯期「二分梁甫一分騷」的情懷。不過，多年已磨鍊冷靜客觀的理性思考，終究會讓我平淡處理文字，而用心把曲折轉化的關捩涵蘊其中。

年事增長，周邊親友老病苦況常見，告別追思的哀傷場合難免。疫情三年，被迫

「息交絕遊」，多數時間幽居在家，很多人不免鬱悶，百無聊賴。我很幸運，因為愛書，悅讀，有書自能縱覽悠遊。我這本文集，未收個人的抒情小品及小說悅讀（我另有一冊《有情天地的小說悅讀》同步出版），卻不捨讀史一篇新論，略省其註釋，收錄進來；各種文類兼容，時間跨度頗長。逯耀東的《似是閒雲》論析最後完成，副題「散淡不得，聊且書懷」深獲我心。

羅悅玲學妹教書、寫作，散文集《女人的四分之一》充分映現個人學養、生活歷練、理想憧憬，文采斐然。她多才多藝，操古琴，練書法。她漂亮的墨蹟常做成可愛的書籤，她的餽贈：「天地有情容我老，江山無語看人忙」成了我賞玩的最愛。大自然無言，提供了展演的舞臺，眾生平等，一視同仁，這是大愛無形，所以偉大。我能平安邁入老境，還能捧書悅讀，精神遨遊，渾然忘我；天地之於我，庇護周全，恩澤深厚，當然有情。我悅讀各種各樣文學作品，探掘其中曲折委婉的情事，人離不開情，萬事總關情。正因為有情，天地有情，所以散淡不得，散淡書懷總關情。

這是一本很素樸的書，內涵卻挺耐人推敲的。書分四輯，未擬小標題，大略說來：

壹、詩與戲劇：余光中說：「深於情，苦於情，一腔悲愴無法自遣。」在當代新舊詩家之中，周夢蝶和周棄子最為相近。小說家轉換書寫軌道，黃春明寫詩富有奇思妙構，古華選用新樂府敘事。向明論詩自有定見；先秦法家韓非子竟也能變做越劇主角。**貳、精緻美文與文學史回顧**：王鼎鈞小而美的散文，見人所未見；隱地編輯臺灣第一份書評雜誌，回顧文學人美好的七〇年代。**參、美感與沉思**：逯耀東復現高華人物，歷史不沉默。他與學生期許：「有筆有書有肝膽，亦狂亦俠亦溫文」。《風景線上那一抹鮮亮的紅》散文集，致力於美文、美感經驗的書寫。韓秀談到電影《拆彈少年》，感嘆憐惜終究戰勝了仇恨，他們都走出了「雷區」。**肆、人物風華，史論與報導**：研討會紀實，梁實秋面面觀，許多學者先生們的言談，相關的周邊敘事，文學史外一章。〈彭歌在筆會〉彭歌參與國際筆會大會，撰寫完整紀實的深度報導，見證中華民國筆會曾有過的辛勤與榮景。〈沉穩而靈動——長懷恩師許世瑛先生〉一文，則是半世紀追思懷想的紀念文章。

張素貞　於臺北古亭

二〇二二年十二月

目次

輯參

輯肆

附錄

輯壹

現代詩話
——余光中的「彩石」評文

一代文星余光中（一九二八－二〇一七）先生，從十九歲到九十歲，揮灑著璀璨的五彩筆，跨世紀的馬拉松長跑，已於十二月十四日抵達了終點；就文學而言，余先生詩文兼擅，抒情與議論併發，圓滿而完美。

余光中曾撰寫過〈一塊彩石就能補天嗎？——周夢蝶詩境初窺〉一文，很多研討周夢蝶詩篇的文章都會參閱；其實這篇也是非常典範的余氏美文之一。

余光中的〈周夢蝶詩境初窺〉，一如他慣常撰寫評文的嚴謹，文字明潔，落筆考究，連篇精警的妙句，有許多獨到的見解。他點出：周夢蝶「常常予人詩僧的幻覺」，他嚮往自由，又是最不自由的人，「因為生活不難解決，生命卻難安排。」他的詩，「無論把《孤獨國》或《還魂草》翻到第幾頁，讀到的永遠是寂寞。」余光中說：

周夢蝶是新詩人裡長懷千歲之憂的大傷心人，幾乎帶有自虐而宿命的悲觀情結。

夢蝶詩中那一片瀰天漫地而令人心折骨驚的悲情，究竟為何而起？從大多數作品看來，其主題不外是生命的觀照、愛情的得失、剎那的相知、遙遠的思慕、靈肉之矛盾、聖凡之難兼。

博雅的余先生，也拿清季近世詩人評比，「深於情，苦於情，一腔悲愴無法自遣。」在當代詩家之中，則以周棄子最為相近。「臺灣新舊詩壇之有二周，頗能互相印證。」

探索周夢蝶的詩藝，余光中說：「夢蝶的詩幾乎沒有寫景，全是造境。」他贊同葉嘉瑩所言：夢蝶能「從純情的悲苦裡提煉出禪理哲思，而把感情升到抽象與明淨的境地。」他總結周夢蝶是「用情深厚而生死賴之」，文末他仍鄭重提出改進的意見。文章以問句標題，帶一點俏皮，卻大體深入探討了詩人的創作心靈，此文極具余氏美文的風格，無人能及。

二〇一七年十月六日在紀州庵《投影為風景的再生樹——梅新紀念文集續編》新書分享會上，十二位文友的發言都非常感人。向明談及常常得擔當梅新的救火隊，提到：梅新曾為周夢蝶籌募到十萬元獎金，卻被周夢蝶拒絕；請向明去勸說；周夢蝶認為該有學者如余光中的肯定才能接受自己算是有成就的大詩人。向明受託去請求余光中寫評文，余光中回應：周夢蝶寫的大多是佛理的詩，怎麼談論？來回再經要求，余光中終於寫了一篇很漂亮的文章。周夢蝶接受獎金了，不久就捐給了慈濟。梅新曲折的一番幫助紓困的好意，徒喚奈何！

那篇文章想必就是：〈一塊彩石就能補天嗎？——周夢蝶詩境初窺〉了。一九九〇年一月六日《中副》的版面，這篇文章上頭，是一幀七十八年度中央日報文學獎決審委員於決審會議後的合影，十三位人物個個神采奕奕，居中就有余光中，他是現代詩的決審委員。

這一天下午一點半起有一場「現代文學討論會」，下午五點半舉行「中央日報文學獎贈獎典禮」。《中副》的編按說明：九位決審委員一致推薦名詩人周夢蝶先生獲「成就獎」，大陸報導首席作家蘇曉康獲「報導文學特別獎」。余光中此文，對應周夢蝶接受成就獎；另有林黛嫚的訪談紀錄則對應蘇曉康獲獎，極其自然，《中副》做得漂亮。同時，「文化風信」標出「周夢蝶以獎慶生」，預告次日（七日）將由三大詩社——藍星、現代、創世紀詩友共同為他暖壽，並祝賀他得獎。中央日報在他慶生前夕頒獎給他，並有獎金十萬元，也算是對周夢蝶七十大壽的賀禮。

1989年《中央日報》文學獎決審會議後合影

左起：林黛嫚、黃翠華、林清玄、高信疆、葉石濤、余光中、朱西寧、（《中央日報》社長）石永貴、齊邦媛、洛夫、商禽、古蒙仁、（《中央日報·副刊》主編）梅新

余光中畢生受人委託寫文章，不知凡幾，唯一不變的是，他撰文始終敬慎其事，務求完美，這篇也不例外。周夢蝶捐獻出獎金，顯現了他孤高、清儉而又慈悲的本色。但余光中的論文為周公受獎而撰寫，文章逼出，確是源起於周公。周夢蝶終生在煉彩石，也催迫余光中多煉出了一塊彩石，這篇論文寫得光彩奪目，精采無比。

以上的這則「現代詩話」，原本還想找機會請教余先生略道其詳，此時再也無從問道了。

——《中國語文》七二七期，二〇一八年一月

小說家黃春明的第一本詩集
——《零零落落》的奇思妙構

小說家黃春明今年（二〇二二）五月出版了第一本詩集——《零零落落》，我們無須訝異，其實他寫詩開筆很早，醞釀已久；值得歡慶，他跨域書寫，必有深情。難得《零零落落》許多詩篇常見描摹如實的情景，有著奇特的運思，巧妙的構意，別有風味。

一、懷人的詩篇情思深蘊

《零零落落》中，最觸動人心，悠邈綿長，使人沉吟低迴的是懷人詩篇。〈仰望著〉：「那個小孩仰望著／他仰望到帽子往後頭掉／他還是仰望著／仰望著密密麻麻的／星空」：小孩非常執著地，仰望著繁星閃爍的星空，仰角高了，以致帽子往後掉。媽媽說：「地上死了一個人／天上就多出一顆星」；伏筆照應事出有因。末段：「那孩子在心裡焦慮地叫／媽媽——！／你到底是那一顆？」孩子想念媽媽，試圖從現實中找到一點連繫。爸爸笑他傻，那是連慈父都不能分擔的祕密，反襯出思母情摯意切，情思深蘊。本詩集扉頁題字：「獻給在星空中的母親」。黃春明八歲喪母，〈仰望著〉作為開篇，寫得這麼純美深摯，原來詩的情境，和他個人的身世如此貼合。

〈帶父親回家〉，月光中，他一路驅車回宜蘭，一邊與骨灰罈中的父親對話。「替老人家扣了安全帶，他沒說太緊。」北宜公路好幾個大轉彎，不扣緊不成；父親無語，「不再咳嗽，比往常沉默」。父子都是「鮭魚」，溯流返鄉。憶起父親說過：「八歲時那一年的中秋夜。（是，我在聽）／跑了二十多里的野地去找我父親。（找爺爺）」[1]。從父親上溯爺爺，孺慕之情更深。父親交代「骨灰付之水流」，但「我卻勘不起」。閩南語語法，「勘不起」，「勘」其實就是「堪」字。「情何以堪」？真不敢、不忍心這麼處理。「骨灰罈蓋的月光顯得特別慈祥／我回到孩提依偎在您的懷裡／車子裡的音響馬友友把巴哈拉得與月光分不開，我們父子靜靜地享受著幸福無語」：不僅時光壓縮，生死渾一，現實面的琴音與月光也融合，多麼幸福！然而帶父親回家的心境畢竟沉重哀戚。快到家了，「我側頭看看父親／月光沾著淚水泛開一片迷茫的漣漪盪漾」，是流淚的人子沉浸在月光中，「月光」的意象選得貼切，思親之情溢於言表。另

[1] 我加了括弧，區隔出父子對話。

一首〈父親慢走〉：「那麼自然的叫人驚怕／父親撒手從加護病房站起來／他的影子拉得很長」：他看得如此清晰，影子拉長，走得很慢，父親想必也難於斷捨世間而驟然離去吧？

中年痛喪愛子，人生至痛。〈國峻不回來吃飯〉採行第二人稱敘述，跨越生死，無比憂傷而親切地對兒子訴說。「我知道你不回來吃飯／我就先吃了／媽媽總是說等一下／等久了／她就不吃了／那包米吃好久了／還是那麼多，還多了一些象鼻蟲」：我勉強振作，提起勁來；媽媽卻是毫無食欲，任由時間在悲傷中流淌。象鼻蟲，暗喻無盡的眼淚、鼻液。媽媽甚至忘了如何煮飯，後來「媽媽什麼事都不想做，連飯都不想吃」。一年了，你的好友們來家裡，我炒過米粉款待。「還有袁哲生……／三月間他來向你借汪曾祺的集子／還對著你的掛相說了些話／他跟你一樣不回家吃飯了」。好友來慰問，媽媽仍然沒精神應付，承受不住面對他們的傷慟。更悲哀心碎的是：小說寫得那麼出色，又那麼好學的袁哲生，跟你一樣年輕有才華，竟然也去了。「我們現在知道你不回來吃飯／我們就不等你／也故意不談你」，可是「那個位子永遠在那裡啊／你的好友笑我／說我愛吃醋／所以飯菜都加了醋」：生活如常，我們避談你，但你的位子時時提醒你的存在。「愛吃醋」？不在口，是心裡，辛酸、心酸哪！

黃春明憶起和尉天驄的一次約會，〈相約武昌街〉：送書、送酒，「咖啡未上桌／我翻著程兆熊先生的農業／他轉著酒瓶精讀金門高粱的標籤／我喟嘆台灣農業／他說：走！極品軒就在轉角」。他倆相契投合，從六〇年代一個催逼，一個創造力迸發，總有說不完的話。武昌街相約，必是先去了明星咖啡館，尉天驄動念要再去極品軒分享美食好酒。「我們倆頻頻舉杯」，年盛時的他們酒量都不錯，話題包含現實國內外經濟，及地理危機「土石流」，談話投機，不覺已到「打烊」。「乒乒乓乓／低頭一看／哇！金門失守了」，醉醺醺的兩位，觸動了杯盤，有如槍戰，好好的金門怎麼失守了？兩個好友把整瓶濃烈的高粱全送進肚子裡了。如今知友至交尉先生也去遠了，情何以堪！

二、風土人情，恒久與變異

宜蘭老家的地理、風俗、人情，詩的描述很優美。本詩集最早面世的〈蘭陽搖籃曲〉、〈龜山島〉是代表作。搖籃曲嵌進閩南著名的歌謠：「嬰仔嬰嬰睏，一暝大一寸」做為複調，反覆鋪陳。慈母對幼嬰的暱語充滿濃郁的母愛，殷切的期望，詩作轉化為家鄉的長者對幼少子弟未來人生的叮嚀。每段都有一種狀況，一種可能。鼓勵年輕人，必要奮進努力，如果家鄉不能滿足你，「那你就出去吧」。連著三段同樣的小結，末了卻是「那你就回來吧」，包容美與惡，家鄉容你休養生息。〈龜山島〉，地近蘭陽平原的龜山島，美麗的風景，以歌謠似的複調，抒寫蘭陽的孩子出入望見它的哀愁或喜悅，多麼令人懷想多夢的龜山島！

蘇花公路，一條著名的美麗公路。〈蘇花公路〉起筆：「神話典籍遺漏的／世上僅存那麼一朵／依偎在西太平洋岸的／蘇花／她的傳奇早已成為化石／並長滿了後生的綠被／單單那一瓣的花瓣邊沿／曲曲折折彎彎糾糾百公里」。這段地理圖景描繪得細膩、精緻。它出塵絕世，不同凡品、獨特唯一；位在西太平洋岸，年代悠遠。變換地名「蘇花」的「花」字為美麗的實體，如花朵般繁複的花瓣，曲折蜿蜒一百公里。

中國人過年，農曆春節，十二生肖還習慣配合年歲，每年的生肖郵票很受民眾喜愛。二〇〇一年蛇年，黃春明妙手天成，創作〈一條絕句〉。題目奇特，詩很短：「相對於龍／蛇是一條絕句／冰潔、精鍊、現代／死不添足／／而龍／你說呢？」人們都愛龍，龍是天子的圖騰，我們自詡為龍的傳人。天龍地蛇，龍蛇本是同一族譜，屬蛇的人有時會說：「我屬小龍。」相較起來，蛇短得多，所以說：「精鍊」；冷血冰滑，所以說：「冰潔」；它是由古至今現實實體動物，所以說：「現代」。文學上的「現代」感，「現代」思維是另一回事。蛇本無足，成語「畫蛇添足」，諷人多此一舉。首段小結：「死不添足」，精切、精鍊、精妙，堪稱詩中的「絕句」。末段再提到「龍」做對比，顛覆成見，龍還不如蛇。龍根本自古以來就是人們傳說的吉祥物，從頭到尾，虛構增飾，是多少想像創造出來的？這首詩精簡深蘊，確實是絕妙好詩。

〈一把老剪刀〉，描摹老祖母的嫁粧「老剪刀」：「天片的刀尖彎／地片的刀尖斷／刃口缺缺如鋸齒」，歷經滄桑，變形變樣。想像不到它曾被多方使用：「泡在盆裡剖雞腸／牆壁挖洞借它鑽／拔釘子剪鐵罐／蔴繩鐵線粗細大小／呷銅嚼錫什麼沒嚐／最溫馨的記憶是／剪臍帶助生產」。詠物兼寫人，老祖母的漫長歲月，經歷的雜事庶務紛繁，卻只能運用最起碼的女工工具——剪刀處理。藉此書寫了老一輩婦女辛勤刻苦的人生：包攬家中的粗細活，甚至還接生助產，萬能、無奈，也夠艱苦。

〈九彎十八拐〉，從天然的地形，談到宜蘭老祖先如何憑著「汗水和手繭」開路，挖、鏟、挑、填，「碰壁就彎／絕境就拐……總共不下千百」。老祖先知道順應形勢，善盡人力，不計艱辛，費工耗時，全是紮實的功夫。這是黃春明慣寫的恒久厚實的美好社會。

然而時代變遷，世事多變，往昔社會的從容、樸實、純美不見了，人們急躁地一味求快速，求速成。〈掉落滿地的秒針〉以緊密的節奏，諷喻現代人以匆促的步調過著品質粗糙的生活。「秒針掉落滿地／耐心和貞操一樣賤價／快！快給我一杯咖啡」：貞操美德，經久乃見；耐心經得起磨鍊，需要長時的考驗。提醒：小心燙嘴！必是喝得太快太猛了。「一碗麻辣的牛肉麵」，不是煮而是泡的，為了快速，麵裡面「難免總是會掉幾根秒針」。麵未必熟透，又可能不太對味吧？要速成，文憑可以花錢變造；要愛情，手機網路就能挑選。連公家、國際標準的計時「秒針統統落地」。暴發戶要快，不怕花錢，「對不起贖罪券在中世紀就售罄／如果你不嫌道德太奢侈／……／您的大名已留榜／油漆未乾難免黏住一些秒針」：這位恐怕做過不少惡行，怎麼辦，沒法贖罪，幾百年前贖罪券早就賣光了；另有辦法，捨得再花更大筆錢，可以「沽名釣譽」，留個好名聲。可惜做得太快，太粗糙了，等候的時間省略，那麼，很抱歉，求快做假的品質，不敢保證。全詩以荒誕的構意，揶揄諷喻世人捐棄道德，只求虛名表象，一味求速成的變調心理，奇思異想，自成趣味。

黃春明關懷國計民生，〈與屍共舞〉，借蛆族附生於屍體，影射、諷刺、明喻現實政治的腐敗、貪婪。詩筆潑辣沉重。「一具屍體宛若一座孤島／四季如春溫濕的環境／陽光繁衍了蛆族／蛆族繁榮了腐屍／／腐屍的肉汁甜美／蛆族日以繼夜泳游忙碌／於這未曾有過的繁榮／稱之為經濟奇蹟」：四季如春的寶島臺灣締造了經濟奇蹟，表象繁榮，卻已腐敗，豢養了成群的蛆蟲。一味貪婪，爭逐財富、權力，也濫用自由民主；九二一強震，賀伯颱風，天災「風狂雨暴沖淡肉汁／吹垮腐屍，沖垮了股市／……／蛆族不是出走即是入侵內腑／／內腑的腐汁更為精美／肝臟細嫩如虎骨髓熬高麗／肺臟黏稠如海參燉魚翅／腸肚臭得好爛到恰到好處」：貪婪的政客遇到災難，能走的搜刮而去，未走的向深處再鑽挖，竟然更得滋味。細嫩、黏稠都是高貴食材費工烹調出來，「臭、爛」含有正反多重意涵。黃春明洞見幾微，用半寓言的筆法，沉痛地鋪述孤島的政客們貪得無厭，吃相難看，還會吹噓自捧，「不停地與屍共舞」。這首過度明露、讀來沉重的詩，掩抑的不平之鳴，映照出黃春明胸懷天下的大悲憫。

三、浮世眾生的千姿百態

人生在世，各有分位，天生美醜，無可如何。其實「天生我材必有用」，無需自輕自卑。〈茄子〉以物喻人，何必人為變造？社群中，人來人往，難免在意他人的觀感，羨慕他人美好的模樣。拜醫學發達之賜，便鼓勇試著求其改變。「她找啊找探聽到一個神醫／她花了大錢／她忍痛那要命的整形手術／她終於變成香蕉」：萬般探尋，找到具備超凡醫術的「神醫」。不惜花大錢，咬牙忍痛做那「要命」的手術。茄子如願變成了自己想要的香蕉模樣，她很高興。問題是，周遭「她所認識的親朋好友／沒有一個認識她」。畢竟人際關係才是存活的重要條件，天然的「體形和膚色」，又有什麼不好？

〈車禍〉，讓車禍冤死者的幽靈道白，拈出「孤獨」做為最後的代言。「那一天雨很大／來車把我撞離地球／來來往往人車當然看不到我／多麼遙遠啊／我想回到地球的話」：雨下得很大，難道這就是肇禍的原因？我離開了人間，人們看不到我；我想回來，但已遁入另一個遙遠的時空。「孤獨」找上了我，孤立無援，我「渴望有人走過來伸手給我」。「多麼遙遠啊／孤獨從我身上爬起／把我留在雨天的路上，叫我為他代言」：重複「多麼遙遠」的喟嘆，「孤獨」不再陪伴，這就真正孤獨了。幽靈與孤獨，都是虛無飄渺的角色，但這個不幸悲慘遭難的人，是多麼孤獨無助，你意會到了吧！

〈一則無聊得要死的故事〉，描繪一隻遭遇吉普車輾過下半身的四腳蛇，如何奮力掙扎、拖著半個軀體，趕著回家「孵蛋」。這悲慘、淒厲的萬物平權呼籲，極其嚴肅，「無聊得要死」是倒反之詞。「夏日的山野」，四腳蛇要回家，「運作輕功橫跨天煎地焙的柏油馬路」，不幸被「滿載驚叫和笑聲的」吉普車「輾壓了牠的半條命」，歡樂和痛苦，強烈的對照。牠感受沉重、難以負荷的壓力，不明白「為何把地球掛在牠的腰間」。牠急於回家孵蛋，卻動不了，進退不得。獨自枯躺。轉筆幽默地添些情趣：「搬地球不是牠的工作／牠不知道時間耗在那裡等誰／等待果陀嘛也要兩個人」[2]。牠痛苦得難以承受，期待再來一部車子，乾脆從頭上輾過！有大卡車來了，閃過牠去了。牠「惡夢驚醒」，一定要找活路！「使力拖著地球」，牠有著重要的使命：「回家孵蛋」，於是「牠使盡全身的力量／把下半身留在那裡牢牢貼地」。有些爬蟲動物會在危難中斷尾求生，這隻四腳蛇尤有過之。這首詩細膩地描寫了生物奮力求生存的強大意志。

〈那一位老人需要博愛座〉也寫車禍，但肇事者不是人，而是地震；細想，說不定也是人為因素。兩個段落對照，五點三級／六點五級的地震震央。前者老人「盼著博愛座／望著屁股黏著了的少年郎」，不便？不敢？不好「抗議」。「公車乘客若無其事隨它搖」，不，他應該是顛顛顫顫非常緊張吧！後段「（震央）來自往醫院的路上／老人若無其事隨它搖／躺在擔架總比博愛座舒坦／救護車先替他的家人／省下電子琴花車孝女白琴／沿街哀爸叫母地哀哮」。全詩有兩處類疊，製造迴環反覆的節奏。（連續）強震中老人出事，躺擔架送醫院，他曾經乘車渴盼博愛座，嘲諷說：這樣搖晃起來「比博愛座舒坦」，阿Q得可以。救護車一路呼叫，那聲音簡直和哭喪相像，也暗示老人重傷

[2] 《等待果陀》是一齣只有兩個演員的荒謬劇。

字不妨寫成「嚎」。

垂危。末兩句臺灣民俗入詩，「沿街哀爸叫母地哀哮」，得閩語發聲才有韻味。「哮」

運用小說的筆法入詩，黃春明的許多首詩都有動人的情節。〈買鹽〉場景擺放在漁家。「菜湯太淡了／爸爸說不要忘記買鹽／／爸爸出海捕魚去了／他說不要忘記買鹽／要把魚醃起來／／天黑了／不見爸爸和魚／媽媽的淚水太淡了／我跑去賒鹽」：鹽本是生活最基本的物品，爸爸交代「不要忘記買鹽」重複三次（連末段結筆是四次）形成複調。爸爸期待豐收，買鹽為了醃魚，生計所需，漁家加工，增多進款。孩子說「菜湯太淡」，是常備物也欠缺；「媽媽的淚水太淡」輾轉表意，淚水含點鹹味的，媽媽哭太久，沖淡了眼淚，爸爸出海出事，不能回來了。家裡長時間入不敷出，買鹽的錢也沒有，孩子急忙去賒。小鋪子老李嘀咕：「爸爸還欠一個冬天的酒錢」。原來經濟拮据，也因為一家之主好酒，不能儲蓄，還賒欠。爸爸心情不好，他有心志（「醃魚」賣錢）而沒毅力（「這麼愛喝酒」），這一型態的漁人可悲，妻小可憐。這首詩蘊藉含蓄，情韻深長。

詩筆描寫尋常百姓家，〈男人與女人的對話〉：「你很奇怪ㄟ！／你才奇怪！」男人喜歡搬弄成語，占點便宜，欺壓女人；女人無奈，卻是反應敏捷，機鋒相對。「婦道懂吧，嫁雞隨雞……／嫁狗隨狗。什麼時代了？／所以這才叫世風日下。／……／你聽過王寶釧向薛平貴放過屁沒？／我不跟你去了。（女人釘在那兒不走。）／隨我來！婦道不存，國乃滅亡。／照你這樣下去，快了。」[3]這年頭，大男人沙文主義還行得通嗎？教育普及，知識爆炸，男女平權，男人不懂得尊重女人，女人也不盡是忍受，她反擊，一針見血，詞語犀利。時代不同了。夫妻鬥嘴抬槓，暗中角力，誰是贏家？

同樣是尋常百姓家，〈一對早起的老伴〉寫出高年夫妻相互依存的老境。老人翻看訃聞廣告，奇特的是他尋找自己的名字。「撐起腰身探頭大叫」，老邁而又重聽。「你的拖鞋你的腳踩著／眼鏡就在你的額頭／阿彌陀佛／不要再把假牙和摔碎的杯子一起掃掉」，健忘，握力不好，視力模糊，滑稽好笑，真奈何不得，只好誦念佛號。老人邀老婆去散步，有理由，「要活就要動」。那可不成：「我的關節痛走不動／你要活你自己去走動／我的關節比命重／可不要再買豆漿回來害我」。老婦人腦筋清楚，卻患有關節痛，不能喝豆漿，交代別又犯糊塗，再買回來，那會害了我。難道不能退換？老人走路也未必利索，老婦節省，還是會喝？這是一對互相關愛、長年依存的老伴，平淡中見真情。

---

[3] 為了方便理解，引文的標點符號略作變更。

我揀擇《零零落落》二十首感懷深刻的詩篇來討論，少數的詩篇，已足夠顯現黃春明的詩趣盎然。本詩集有些題目別緻奇特：〈一條絕句（蛇）〉、〈一則無聊得要死（嚴肅至極）的故事〉。詩篇構思奇妙，「掉落滿地的秒針」喻指人們刻意省略掉許多該有的細工慢活。他寫茄子、四腳蛇、幽靈，卻都是寫在人。他融用小說技巧寫詩，譜入情節，時間壓縮，跨越生死，物我渾一，對話犀利，幽默詼諧。《零零落落》詩篇中的千姿百態，值得讀者推敲品賞。

——《中國語文》七八二期，二〇二二年八月

詩人自有定見
——細讀《詩的偏見——向明讀詩筆記》

一、詩人的偏見？詩人自有定見

詩人讀詩，確實不免有所偏。因為閱讀範圍有限，精力有限，即使是數十年創作、閱讀、議論未曾間斷，編寫經歷豐富，各面關係良好，詩刊取得便利，而且好學，「與時俱進」，能上網路截取「好詩」，一如向明，詩人的偏見在所難免。詩人發抒個人近期的讀詩觀感，斟酌了非常謙和的字眼「偏見」，不敢做為定論，卻又隱含相當的執著。這本詩藝文出版社新近出版的《詩的偏見——向明讀詩筆記》，分上下兩卷，篇幅不一，以手稿的短詩命名。下卷〈五樓〉，一者切應居家位置，「滿是趴著的書」；而那隻「爬上來的」蝸牛「背著屋頂流浪」，鮮明地暗喻自身。上卷〈九份歸來〉，一者呼應封面設計「附圖」，「再多一份便完美了」，有感而發，即使是「偏見」，多一份提供給大家做多元參考，也不傷大雅。其實詩人說詩，可愛之處，正是詩人自有定見。

關於詩，向明自有定見。多年來論說不曾間斷，詩壇大老的健筆在這本《詩的偏見》中究竟散布了一些怎樣的詩的訊息？

二、探掘詩壇被冷落的好詩

向明選詩談詩，沒有定格。他選材有今有「古」，隨著閱讀、意念感發，他談他所知，談他能談的，他也抒發感慨。所謂「古」，是指他挖掘一些五、六〇年代精采的、已被遺忽的、頗具特色的好詩。談時代與個人的背景、詩友的過從，談詩人的作品成就及其詩風的轉變，偶爾兼顧詩人的近況報導。從老詩的探掘，我們知道：周夢蝶的〈我要〉（一九五七）表露常人的慾望和衝動，後來更名為〈無題〉，收入《孤獨國》詩集中；一夫（趙玉明）的〈零的告白〉、〈記憶之死亡〉（一九六三）兩首詩，受到當代存在主義潮流的影響，大異於往昔抒情味濃厚的詩風。談一夫的詩，兼及任職的《聯合報》、《世界日報》，一九五二年創立的「中華文藝函授學校」，早期發表詩作的詩刊《新詩週刊》、《藍星週刊》。同時介紹他帶領的「苦苓林」楚戈、辛鬱、周鼎、張拓蕪（詩作筆名：沈甸）等詩友。二十出頭的阮囊寫起超現實的詩〈正覺〉、〈上唇章〉，都具有「挑戰性的主題」；而由古入今，敘述評議，〈浪子彩羽和他的詩版圖〉周詳完備，比起學術論文並不遜色。當年大家傳閱紀德的《地糧》，可以和〈好個「持序不斷」〉一文中談及瘂弦涉獵廣泛，現代文學知識豐富，因而能使用「從上帝那裡借來的語言」（語出陳芳明）寫詩，相互參照。早年詩壇彩羽、沙牧、周鼎、曹陽都是名符其實的浪子。彩羽只受過私塾教育，記誦詩書不少，毛筆行草寫得「蟬蛻龍變」，十六歲就發表抒情短詩。來臺後，延續抒情風格，加入現代派後，一度寫些抽象、空茫的詩；「經過現代洗禮」，他又「回到抒情的此岸」，寫出〈冷的方程式〉這首運用「精鍊且鞭辟入裡的快意筆法」的詩，簡直有點像洛夫的作品。一九八〇年的〈旅雁〉，彩羽回到古典抒情，向明略做分析，並以杜甫五律〈孤雁〉、錢起五絕〈歸雁〉、白萩早期的〈雁〉、洛夫《魔歌・高空的雁行》類比。九〇年代的〈大地，我所崇拜〉關切生態、環保、都市的時代課題，〈秦俑〉等詩，主題揭開歷史文化的縱深，語言大開大闔、縱放自如。向明還交代他已回天上的家，有子繼承衣缽。

三、難能的極品，老少詩作、新舊題材的類比

談論詩的技法，〔寫人物的極品〕列舉商禽〈月亮和老鄉〉、〔難寫的人物詩〕引用熊國華〈孫中山銅像〉說明。〔不能用手指去碰的詩〕讚嘆魯蛟〈翠玉白菜〉摹寫

生動傳神；善用意象的方莩，〈開著門的電話亭〉中「她的笑聲是一把閃亮閃亮的銀角子」，轉品的隱喻新鮮活潑。更多的是舉證說明：寫詩貴在創意新奇，意境深遠。選材可以極其平凡，主題卻要深刻而蘊涵弦外之音。梅新的詩〈路過台北植物園〉「自出神奇」，可以拿〈乾燥花〉並論。年輕的滇緬邊境女詩人唐果，〈在一起〉詩中男女的各自表述，透露庶民平凡夫妻的相處之道。陳斐雯的〈丙級想像〉假定無所不在的「永恒」，卻又遍尋不得。為此向明提及余光中的〈與永恒拔河〉，援引自己的一首詩，其中有一句「不妄想和永恒拔河」。〈讀詩知蘇東坡曾經來台〉指出劉小梅曾擔任記者，〈稀客〉運用訪談的語調寫成，幾個情節扣緊蘇東坡的性情，做可能的重要談話。不斷被貶謫，仍不失豁達、幽默，東坡真的突圍而出，來台自助旅行呢！奇幻之旅憑著詩人無窮的想像力達成，這也是「自出神奇」了。尊重詩人的獨創，所以珍惜林燿德的前衛、顛覆性，一選〈大眾〉，再選〈未來〉；大費筆墨解說洛夫〈日落象山〉中地球喊出的那個「痛」字；〈因果顛倒下的揣想〉讚揚黑光逆向而為寫下的〈放下了，就是大好河山〉。

書中常取近似的多首詩做類比，姑且拋開援引古詩詞論證的例子，僅就新詩來說：他三度提及擅長寫短詩的旅美詩人非馬，一次在向明的〈蒲公英〉引詩之後，援引非馬的詩印證蒲公英堅強不屈「生命力的激昂」；一次是以非馬的〈沉思者〉映照張忠軍採行「客觀聯繫法」寫成的〈專注〉。另一次則在《情趣小詩選》的深情篇導覽，以非馬的〈吻〉做為論證。向明在茫茫詩海中尋找可以閱讀、欣賞、品玩的好詩，寫成筆記；偶爾也能找到被忽略而其實可讀的「棄詩」。這樣的情形，使書中出現不少一般讀者陌生的詩人詩作。名詩人與年輕新詩人的作品對照，也見於周夢蝶〈十三朵菊花〉和西左的〈菊花白〉。另一種討論，則是同一作者多篇作品的綜合敘述，如〔寫詩是一種排毒的過程〕，以詩人西娃的詩觀貫串六首詩；〔讀老巢的短信（簡訊）詩〕一口氣登錄了七首；談起自稱位居朦朧詩邊沿的王小妮〈致另一個世界〉組詩，選了六首。〔淺嘗桑眉的「小酒經」〕選論了桑眉〈老酒〉、〈紅酒〉、〈啤酒〉，分別以文明的「品酒」、謹慎的「嘗酒」、豪放的「拚酒」來分析。〔讀周夢蝶三首詩心得〕寫作策略和幾個前例相近，不過換成分段議論，行文也較為詳盡。

如果以書中的論題前後對照來說，〔現代詩人過的清明節〕中一回、洛夫、向陽、向明的詩，瘂弦的親身經歷，甚至北島流亡多年回北京奔喪所寫的〈黑色地圖〉都是同一系列的「清明」。若以題材相同類比，辛牧的〈第二酒廠〉諷喻頹敗與環境的污染，和西庫、向明的〈霾〉可以互相映襯。再看洪淑苓的〈麻雀二題〉以都市中麻雀生態突顯人類生態惡化、批判現代都市環境，是否也有會通之處？

四、情趣多元，導覽細說

下卷《情趣小詩選》的關情、深情、癡情、煽情四篇導覽，筆法近似。大致根據四大類別的選詩，綜括談論那些作品的特色、技巧如何難得。〔關情〕選論了陳斐雯、邵燕祥、薛莉、管管、周夢蝶的相關詩作。乍看這幾位的風格差異不小，但在「關情」的作品方面，向明探尋到或大或小多種面向、足以繫聯的相近度。論說鋪排、轉捩都能暢順貫串，四樣類型的導覽大體相當明潔條暢，具引人悅賞的功能。其他類型，〔深情〕引述作品的詩人是：羅蓮用、林德俊、陳靜瑋、小宛、丘緩、小蝶、非馬；〔癡情〕談到詩作的詩人是：夏宇、邵惠真、夐虹、紫鵑、洛夫、齊思；〔煽情〕援引到詩作的詩人是：鍾順文、翁月鳳、鄒明珠、蘇紹連、顏艾琳。向明論說依例先介紹詩人，這便順帶得了解這位詩人大致的寫作狀況及其特色，對讀者來說，可能不如向明閱讀的範圍廣泛，有許多陌生的詩人確實有需要略加理解。然而也正因為其人其詩都參差對照了，四篇導讀行文條暢得以兼顧情趣，讀來頗有興味。

這些精細的分析、比較、討論，其實也是大型類比技法的運用。

留意《詩的偏見——向明讀詩筆記》一書論述的選材資源，可以見出：向明閱讀、選材不受拘限，除去眾多詩人個別的詩集，臺灣出版的《小詩森林》、《公論報》副刊上的《藍星詩刊》、《新詩週刊》、《台灣詩學季刊》、九歌版《藍星詩刊》、《中央副刊》、《聯合副刊》、《情趣小詩選》等等詩刊、報刊，無所不包。他閱讀、選材廣泛驚人，不僅臺灣多層面的詩人詩作，選自個人詩集及詩刊、報刊，還包括海峽彼岸的作家，許多大陸詩人的作品是從大陸詩刊《今天論壇》詩創作欄，或詩網頁擷取而得。《揚子江詩刊》、《今天詩選刊》、《北京詩刊》，以及雲端無限開闊的網路《詩生活網刊》正是。還有跨洋美國舊金山出版的《新大陸詩雙月刊》。讀者藉此大開眼界，跟著導覽隨行欣賞之餘，好整以暇，是否和我一樣，覺得讀詩說詩的詩人不老，樂得分享讀詩、讀書的樂趣，渾然忘了時間的流淌？

——《文訊》第四百期，二〇一九年二月

〈詩人自有定見——細讀《詩的偏見——向明讀詩筆記》〉

——二〇二二年十一月修訂更名

楊喚、葉泥與《南北笛》

在臺灣，人們都知道楊喚，他是課本上的詩人，他寫了許多童話詩，他有《風景》，有《楊喚詩集》、《楊喚全集》；絕大多數人卻不知道《南北笛》這份刊物，更不知曉《南北笛》與楊喚其實有著非常緊密的關係。

一、葉泥引薦楊喚進入詩壇

一九五四年三月七日，當年燦爛的巨星，以駭人的姿態剎那間「垂滅」，還來不及讓多數作家、讀者賞識、讚美，楊喚便從人間遁形了；如果沒有葉泥，我們的詩壇、文壇，就不能展示楊喚的文學成就。由於葉泥的引介，楊喚認識詩壇的主編李莎、紀弦、覃子豪；由於葉泥與楊喚長時在一起，不斷地收拾、拼貼楊喚的詩作、繪畫，後來又撰寫〈楊喚的生平〉，楊喚詩集《風景》才得以出版。多少人以此為奠基，再繼續品賞、研究，楊喚及其詩作終能廣泛流傳。

葉泥（本名戴蘭村，戴蘭村的書法，是另一大高度造詣）對現代詩的貢獻，主要在日譯許多現代詩的詩作與詩論。他曾用「穆熹」的筆名創作新詩，遇同版有葉泥，也用來翻譯詩論。他對新詩的理解和造詣超過一般人所知。他同時是許多年輕詩人的領航人，他的書房被林泠喻為「藏經塔」。他生活嚴謹，卻熱情好客，健談而又親切，耐心聽取年輕詩友的狂言宏志[1]。在他那兒，無論詩社流派，可以適意地聊天飲酒談詩。一九五六年，他和羊令野創刊《南北笛》，同年他主編《復興文藝》，都是網羅一時詩壇人才，不分派系，《復興文藝》更著重現代詩理論的譯介。當《現代詩》停刊而《創世紀》改版轉型為現代詩取向的過程中，葉泥是一位核心人物，羅行認為是一項不宜忽略的史實[2]。因為細心關懷而又幹練，葉泥也是許多詩人終身大事的顧問、婚宴上的總管。商禽說：大尉葉泥總是照顧全局的人[3]。

---

1 「藏經塔」，見《現代詩》復刊第二十期「現代詩四十年專輯」〈藏經塔及塔外〉，頁二十四，一九九三年七月。《南北笛》第六號，德星「書簡」：「為我點一盞燈的葉泥呵，枯萎的詩苗被你澆綠啦！」一九五六年五月二十一日。

2 見羅行〈後院樹起十一支金箭——葉泥舊居瑣記〉，《文訊》三一〇期，二〇一一年八月。

3 商禽〈閱讀紀弦的詩〉，《現代詩》復刊第二十期「現代詩四十年專輯」，頁三十二，一九九三年七月。

二、《南北笛》的刊頭是楊喚的素描

葉泥紀念楊喚，不僅撰寫文章，還創刊了《南北笛》。《南北笛》由葉泥和羊令野編輯，藉嘉義《商工日報》第六版大半篇幅，在一九五六年四月一日推出創刊號，刊楣採用楊喚的素描：〈吹笛的牧羊人〉。「發刊辭」說：

這是一支十一孔的銀笛，今天在北迴歸線上吹奏起了序曲，向南方，向北方，以雙管號角嘹亮的音響吹奏著。

這是一支獵笛，吹向了散文的森林心臟，我們筆隊伍的弟兄們，將在這裡出發，去作春天的狩獵。

這是一支牧笛，吹向了詩的綠野胸脯，我們筆隊伍的弟兄們，將在這裡集合，去作春天的播種。

你瞧，我們的刊楣畫，是詩人楊喚的遺作，從這幅畫上，你可以聽到牧人的短笛正吹著詩的樂曲，而那可愛的羊群，正嚮往於一片綠原的遼闊。

懷念而喜愛，楊喚〈吹笛的牧羊人〉成了《南北笛》的刊頭，兼收詩和散文的《南北笛》，創刊號刊頭在「發刊辭」的左側，共同佔著全版約六分之一的版面，置放在右上角。其他從第二號起，經休刊又於一九五八年一月二十日復刊，直到第三十一號[4]，刊頭〈吹笛的牧羊人〉一律擺放在右上角。葉泥在〈如何紀念楊喚〉一文提及：

《南北笛》的創刊，本來是選定在四十五年三月七日──楊喚逝世二週年紀念日──創刊的，後來因為一些瑣碎的問題未獲解決，所以延遲了二十幾天直到四月一日才創刊。不僅如此，本刊的刊頭且更選用了楊喚的一幅素描，這個刊頭我們將用到永遠。我們之所以這樣做，一方面是為了紀念楊喚對新詩的貢獻，一方面是為了要完成楊喚生前所未能完成的一部份願望。

時值楊喚逝世四週年之際，我們仍願將本刊創刊詞及復刊詞的主旨，一言以蔽之的重說一遍，就是：「要求詩壇的團結與合作」[5]。

4 《南北笛》復刊後，旬刊改為週刊，雖云出刊至三十一號（一九五八年四月二十七日），其實距二十九號（一九五八年五月四日）只有一週，中間也並無三十號，「一」字實為衍文。

5 《南北笛》週刊第二十二號「楊喚逝世四週年紀念專輯」，《商工日報》第六版，一九五八年三月三日出刊。

葉泥強調：《南北笛》創刊，原擬在楊喚的二週年紀念日，是為了紀念他對新詩的貢獻，並為他完成願望；選用他的素描做刊頭極具意義，信誓旦旦，將永遠採用。證諸一九五六年的旬刊、一九五八年的週刊，的確如此。《南北笛》又休刊，時隔九年多，一九六七年三月再度推出單獨發行的詩雜誌《南北笛》季刊，雖另請秦松製作封面，羅行為發行人兼主編，創刊號第二頁便附錄了〈《南北笛》旬刊發刊辭〉和楊喚〈吹笛的牧羊人〉刊頭；接著幾期，又把這刊頭擺放在目錄欄上。《南北笛》第三號羊令野的〈柳笛─致葉泥〉：「有戀人的柳笛剛剛吹奏／／我們的羊群該當歸來」[6]，號召詩人們努力創作，意象鮮明，來自〈吹笛的牧羊人〉。至於「要求詩壇的團結與合作」，《南北笛》超然的立場便是這種理念的貫徹。園地公開，歡迎投稿，季刊創刊號更明示：「《南北笛》既不屬於任何詩社，更不屬於任何詩派。凡是詩和散文的愛好者，願為詩和散文的前途而努力者，都是《南北笛》的主人。」多年後，梅新在〈羊令野與《南北笛》〉一文有生動的追憶：

6 《南北笛》第三號，一九五六年四月二十一日。

《南北笛》擁有全臺灣最優秀詩人的作品。在當時，各路英雄投稿給《南北笛》，會師在《南北笛》，卻均能相安無事，無須擔心「盟主」或同門師兄弟會不高興。所以大家都樂於到這裡交朋友。當然，最主要是羊令野、葉泥二人的凝聚力強，尤其葉泥是詩壇的和事佬，是詩人們的調人。所以《南北笛》發行的時間雖不算長，卻留給人們無限的追思。[7]

所謂「凝聚力」，即是促使之團結合作的元素，梅新正好說明了《南北笛》在葉泥與羊令野主編之下，如何讓詩壇呈顯一派和諧歡樂的景象。由上可知，《南北笛》這批主事的詩人們是多麼愛惜、珍視楊喚及其詩畫，紀念並努力實現、了遂其願望。一九六七年《南北笛》季刊第二、三期，曾報導詩界籌組、成立「中華民國新詩學會」。葉泥編輯理念的開放、豁達，在《南北笛》之後，也影響到一九八二年復刊後的《現代詩》。我們研究新詩發展史料，又怎麼能忽略楊喚與《南北笛》的繫聯？

[7] 見《沙發椅的聯想》，三民書局，一九九七年五月。亦見張素貞編《投影為風景的再生樹》，文訊雜誌社，二〇一七年十月。

三、《南北笛》「楊喚逝世四週年紀念專輯」

一九五八年三月三日，《南北笛》週刊第二十二號作了「楊喚逝世四週年紀念專輯」。除了季紅〈詩人之心靈——書致羊令野並以紀念楊喚〉、墨人〈蒼蠅與詩人〉、羊令野〈詩人的第一課〉，及葉泥〈如何紀念楊喚〉四篇散文；特輯刊出三首詩，值得細讀品賞。羊令野的〈詩祭楊喚〉，特意飾框橫排：

詩神作了一次稱心的遊戲
把雲雀殺死葬於荒蕪的失樂園
環綴以凋落的玫瑰蕭颯的白楊
於是，這風景如此的逗人
　　如此的淒然
多嘴的丹麥老人也沒話可說了
讓孩子們在沒有結尾的童話裡打盹

夢見席勒的強盜和一頓最後的晚餐

楊喚生前和羊令野並不認識，羊令野讀了《風景》，才想見其為人。他運用楊喚「詩的噴泉」巧妙套入文學作品事典以達致象徵、暗示的手法，把楊喚《風景》及世界名著中的典故細密地鋪陳出來，從而呈現深切的傷悼之情。楊喚是善歌的詩人，他去得意外，已身陷失樂園，曾經有過燦爛的詩作，也曾有過沉鬱的感喟，既讓人喜愛，也令人淒然。安徒生再多的故事，也不再有人抒寫了；童話只說了一半，孩子們無聊到打盹了，他們的夢，可都不太光明，人性的美好感受不到了。

詩人商禽當年在《南北笛》週刊，以「羅馬」的筆名寫散文詩，以「夏離」的筆名寫一般分行詩。「楊喚逝世四週年紀念專輯」刊出羅馬的散文詩〈蒲公英〉：

對著一顆垂滅的星
我忘記了爬在臉上的淚

——楊喚

在福壽酒色的黃昏中。也許那是一方太空曠的廣場；一個人在那裡作他自己的遊戲；當用手指拭而匯集的淚水自他枯萎的指端滴落——羽羽的蒲公英遂隨風旋舞直到化為閃閃螢火復又綴入深碧的夜空……[8]

所引的楊喚詩即〈垂滅的星〉末二句。這首詩未曾發表，只記在寄致好友歸人的書簡中。前幾句是：「垂滅的星／輕輕地，我想輕輕地／用一把銀色的裁紙刀／割斷那像藍色的河流的靜脈／讓那憂鬱和哀愁／憤怒地氾濫起來。」羅馬此詩疊合楊喚原詩的「本事」：是在沉鬱而昏茫的心緒中，這個人煎熬痛苦，嚴重的憂鬱和哀愁幾乎無法自抑，陷進無邊的孤絕感。望著垂滅的星，即將幽黯無光，因為傷痛早就流過了眼淚，奈何再添如此沉鬱的傷痛？〈蒲公英〉的意象，兼喻楊喚的飄逝，隨風旋舞，幻化為閃爍著微弱光芒的生命，終究去了，綴入無邊無際的、神祕深碧的夜空。

另一首詩是瘂弦的〈唇——紀念Y・H〉：「厚厚的／不曾扯過謊的／嘴唇／說過很多童話的／嘴唇／被一個可愛的女孩拒吻的／嘴唇／玫瑰一樣悲哀的／悲哀的嘴唇啊

8 原刊文末有附記：「四六年七月寫于陽明山／四七年二月廿四日改寫于左營」。此據《商禽詩全集》頁五十八引錄。印刻文學生活雜誌出版公司，二〇〇九年四月。

／／我們將去吻你／雖然我們／很多人／並不認識你／我們將去吻你／寂寞的，個性的／玫瑰一樣悲哀的／　悲哀的嘴唇啊／／並且給你／一小朵花／一點點酒／和全部的春天／並且／帶一群鄉下窮人的孩子們／放風箏給你看／並且／教他們啃窩窩頭的嘴唇／輪流地吻你／冰冷的，被殺死的／玫瑰一樣悲哀的／　悲哀的嘴唇啊」這首詩節奏律動很美，淺易好懂，而蘊意深長。以「唇」喻指楊喚詩文的表達以及個性、遭遇。楊喚厚重、誠懇，為孩子們寫過許多美麗的童話，楊喚命途坎坷、寂寞、悲哀。「你」留下很多精采的詩文，人們愛你的作品，人們也愛你。「吻」是愛的親暱表現，人們教孩子回饋「你」，親暱地對「你」說話，人們長遠記住了「你」，一個燦爛如玫瑰又如此悲哀的「你」。

四、楊喚的追思會

楊喚遽然辭世，文友悼念楊喚，《現代詩》第六期刊出「追悼詩人楊喚特輯」，刊載「楊喚遺稿」〈我歌唱〉、〈二短章〉、〈垂滅的星〉等六首詩及墨人、季薇的散文，李春生、李莎、孫家駿的詩。九月文友又協力出版了《風景》。他逝世週年，現代詩社、藍星詩社、青年服務社於臺北青年服務社舉辦追思會；逝世二週年，由中國文藝協會、現代詩社、藍星詩社共同舉辦楊喚追思會；而《南北笛》創刊。逝世三週年，現代詩社、藍星詩社於臺北市成功中學禮堂共同舉辦「楊喚作品朗誦會」。到了楊喚辭世第四年，一九五八年年初，《南北笛》復刊，同樣在嘉義商工日報第六版，篇幅略為縮小，卻由旬刊改為週刊，編號承前繼續下推。三月三日《南北笛》第二十二號作了「楊喚逝世四週年紀念專輯」。一週後《南北笛》第二十三號，丁潁的詩〈三月的懷念——紀念Y・H〉是專輯的延展、未具名（葉泥？）的〈記楊喚追思會〉則詳細報導了追思會中諸多詩人的發言。

中國詩人聯誼會紀念楊喚逝世四週年，於三月七日午後七時假中國文藝協會沙龍舉行追思會，由葉泥主持。到會者有王福瑞、覃子豪、墨人、紀弦、方思、羅行、林泠、愁予、楓堤、陳瑞拱、德星、蓉子、方新、向明、沉冬、柏心偉、秦松、吳瀛濤等人。紀弦說：李莎介紹楊喚和我認識，讀了他的詩很佩服，就把他的詩發表在只出了一期的《詩誌》，與許多名家並列。《現代詩》創刊後，楊喚是重要的作者之一。他來見面，沉默不大說話。紀弦曾用香煙灰畫他的側臉，又用紅筆蘸墨把輪廓勾勒出來，這畫像收到《風景》裡。他寫詩有個筆名「白鬱」，反映的是情緒、心理及身世的淒涼。他另一個筆名「金馬」，寫童話詩專用，他的童話詩，到今天為止，還沒有人能趕上他的水準。

覃子豪說：認識楊喚，是在四十一年編《新詩週刊》的時候，正是在《詩誌》發表詩之前，李莎偕楊喚到自立晚報來，從此開始了我們的友誼。楊喚書讀得很多，談話有他自己的見解。後來李莎接編《新詩週刊》，發表了他的「詩的噴泉」，此時楊喚異常苦悶而常來向我談論，遺憾我並未能幫助他。楊喚的詩受青年詩人朋友們歡迎，是由於楊喚正表現了大多數青年詩人朋友的苦悶，他的詩表現一種時代的特質。他的天才畢露，可惜他精神恍惚的竟然騎著一匹黑馬去了。他所希望的應是一匹白馬，或是一輛金馬車。

方思患瘧疾初癒，尚在咳嗽。他說：「我認為我和楊喚當初見面的情景很美，並不倉促。在一些寫詩的比較年輕的朋友們中，有三個人的詩是我最喜歡的。一位是楊喚，另兩位今天也都在座。……雖然說他的苦悶也就是青年詩人們的苦悶，但是從另一個角度來看，那種苦悶也就是知識份子的。……有很多不相識的朋友，由於他的死卻都互相認識了，我與葉泥兄之認識即為一例。在以前楊喚的詩之好是比較熟悉的朋友們所都知道的，但是如果說他因死而出名則是一種諷刺。」

楊喚在生前最想認識的是愁予，而愁予之對楊喚也是一樣。由於相約晤面的時間遲了一週，愁予抱憾一生，他說：「有人以為楊喚的詩和我的詩風格上有些近似處，實際上是由於我們的氣質有點相同。在他死的兩個月後，我發現他的寫詩技巧與精神上，曾受到兩種影響。在技巧上是受了以前大陸上一般詩人們的影響，但是他能把他們的長處融合在一起而變成屬于自己的。在精神上，他受了法國安特烈•紀德的影響很多。我和葉泥每次晤談時，常言及此。至於他的童話詩則是受到綠原的影響最多。他以前的詩用的多是形象和隱喻，而『詩的噴泉』則整個的是暗示，每行詩中常暗示一件事或數件事。」

追思會中特被邀請的有楊喚的舅父王福瑞先生。他追憶：楊喚有兩種嗜好，一為看書，一為喜歡小孩。他常被一大群小孩子包圍著要求講故事。他的二伯父是喜歡寫詩的，他喜歡寫詩，和他跟二伯父常在一起是有關係的。

接著是朗誦楊喚的詩，紀弦因事、羅行受訓，先退席，改由林泠、秦松、楓堤朗誦。會議兩小時，追思會的整個時間較往年為短，但氣氛嚴肅，內容亦較有意義。所謂較有意義，是指：除了朗誦、追思，發言的內容，除了談及與詩人的過從之餘，重心都集中在談論楊喚的詩、詩的特質、詩的成就。

必須一提的是，年輕的愁予細論及：楊喚寫詩的技巧與精神上，曾受到兩種影響。他指出紀德的影響，當時一般文友都能體會；指出他的童話詩受綠原的影響，姑不論影響與否，受了怎樣的影響，此一說，比起一九六〇年斯泰斗在《幼獅文藝》發表〈天才詩人的解剖〉還早了兩年。

五、餘音

《南北笛》第七號林亨泰致葉泥的書簡[9]，談論的是楊喚及其詩。

葉泥的思念綿延，一九六〇年楊喚逝世六週年，他寫了〈三月的懷念〉。如詩的話語：「他是因為給孩子編造了一夜童話，剛剛安息還沒醒來。」時光沉寂，理性必須認可：「當生命的燈熄滅時，恰好是永遠的生命的黎明。」[10]

一九六七年三月，《南北笛》第三度推出單獨發行的詩雜誌季刊，三月七日晚上七點半在國軍文藝活動中心二樓藝術廳，《南北笛》季刊社主辦「詩人覃子豪楊喚紀念會」，詩壇巨擘覃子豪一九六二年逝世，楊喚仍是懷念對象。《南北笛》季刊第二期有紀弦的〈楊喚論〉，原本規劃是要在三月創刊號發表，紀念楊喚的。

時移事往，詩人後浪推前浪，有許多楊喚同輩詩人仍在詩壇活躍，新起的詩人則讀

9 刊出時間是一九五六年六月一日。

10 魏子雲《偏愛與偏見》附錄，皇冠出版社，一九六五年八月。

其詩，想見其為人，仍然要紀念他。楊喚《彙編》餘音裊裊[11]。

——《國文天地》四〇二號，第三十四卷第六期，二〇一八年十一月

[11] 須文蔚編《臺灣現當代作家資料彙編25，楊喚》，國立臺灣文學館，二〇一二年三月。

望晴復望秦
——古華的古風歌吟

古華，正是小說名著《芙蓉鎮》的作者。《芙蓉鎮》突破一些禁忌，獲得茅盾文學獎，又拍攝為同名電影，湘西因此出現了「芙蓉鎮」觀光景點，小說被列入中學生的必讀書目。從小說到歷史演義，再邁向古風歌吟，古華的創作文體三變。《望秦樓新樂府集》選擇新樂府古體詩的體式，深蘊事典，鋪陳紀事，詠嘆諷喻，感時憂國，以精簡的文字，寄託豐富的情感。一九八八年以來，古華卜居溫哥華南郊的望晴居，讀書寫作，學為老圃，自釀果酒，自適自得，轉眼已邁過古稀之年。天涯逐客，想望自由自在，惟願活得更好。當年曾是專制政權排斥的賤民，中年以後怕回鄉里；然而文人多情善感，「青帝喚我返瀟湘」（〈憶故里‧鄉思〉），古華非不思鄉，思鄉蕩氣迴腸。湘人善歌，屈子遺韻，所謂「望秦樓」，「秦」者，中國也。想望故國，懷念舊鄉，那片神州故里浮載著種種人與事。他最早的新樂府是二〇〇七年春天那首〈文星行‧贈楊公憲益〉，懷念牛津出身的翻譯家楊憲益、戴乃廸伉儷；其次是同年夏天寫就的懷鄉七言古體〈詠家鄉風月〉，從這兩篇作品，即可見出這部新樂府集的懷人、思鄉兩大主軸。「唯楚有材」，湘楚古蹟名勝，文化祀典，儒教播揚，在在令人懷想，〈長沙憶舊・天心閣／嶽麓山〉以謹嚴精鍊的詩筆遙寄了作家綿長深蘊的文化鄉愁。

新樂府集包羅萬象，具體而微，可以窺見古華的自傳生平、奮勵過程、師友交往、文壇政壇的諸多形影，以及驚天駭地的時代動亂背景。有些敏感的話題，古華認為即使經歷風雨霜雪，史事不堪回首，仍要記存。〈土改記事：少兒歌〉前言：「個人恩怨可以不計，事涉國家民族之記憶，豈應集體遺忘乎？」而飽經滄桑之餘，神州依然令人想望。把書齋、住所名為「望晴居」，「望晴」何嘗不是託意遙深？望晴而復望秦，正見作家情思千迴百轉，《望秦樓新樂府集》便是作家回顧來時的路徑、頻頻回望的深情之作。

新樂府具有相當的古樂府韻味。標題如：〈文星行〉、〈鳳凰銘〉、〈公卿頌〉、〈新麗人行〉、〈天朝遺韻〉、〈巡幸曲〉、〈秦城謠〉，古意十足；又如康濯是湖南人，稱他「湘君」，恍若穿越古今時空。〈靜夜思〉詩義切合題旨，標題卻套用李白名詩的詩題；〈老萊子〉，十首七言絕句一氣呵成，全在鋪描老來的生活樣態與活動，標題卻諧音轉用了「老萊子」的典故。〈園趣兩首〉的〈老萊調〉與〈灌園樂〉也是「老萊子」與「灌園叟」的成典活用。整部新樂府集由〈望秦樓〉開篇，點明了懷鄉的主題；以〈京韻鼓詞〉煞尾，總綰樂府歌吟的意蘊。

這本新樂府集，有引人賞愛的逸興詩趣，出之以活潑俏皮的詞語，很有韻緻。〈園趣又兩首・松鼠〉：起句稱「松兄」，結語關心「小友」，物我交融，有對話，有諒解，松鼠的形相與特性自然呈現。〈三餘圖紀事——懷念胡絜青先生〉轉述老舍夫人胡絜青接見時的活絡語調，憐愛、激賞之情極為傳神。〈老萊子・耳鳴〉：巧用六十耳順的典故，耳順和耳鳴疊字修辭，把耳鳴妙喻為天籟。古華的幽默，也讓〈老萊子・老饕〉帶了自我調侃的趣味。撫今思昔，古華也不惜自嘲。〈自嘲〉云：「我非是非人，是非纏一身。」套李白〈靜夜思〉的句式：「舉頭看領導，低頭怕草繩。」杯弓蛇影，黑五類出身避不了勞動改造、被批鬥，恨不得能落實《封神演義》土行孫的神話遁逃。總算遠遠逃離了，臨老卻懷鄉念舊。然而自己並不後悔，〈古稀年詠嘆・笑后羿〉說：「嫦娥不悔偷靈藥，碧海青天苦禪心。」轉用李商隱的名句，堅定表明了個人的心志。

古華常能以驚人之語，一語中的。〈續新麗人行・蘇予〉：「胡風天獄負罪身，跳進黃河洗青春。」蘇予因胡風冤案牽累，二十二年才獲平反，青春盡付流水，「跳進黃河洗青春」，真是神來之筆。以「青春」賦詩，如下田勞改：「我居十四年，青春付鋤犁」（〈橋口紀事之一：青春〉）。更具強大震撼性的，則是「我付青春事驕陽」（〈橋口二十二首・歲月〉），痛惜政治高壓與領袖嚴酷誤我青春。他遣詞精切，〈莽山・亞熱帶雨林〉談及品種多樣、年代久遠：「百種千本混交生，曾與恐龍共星辰。」周到而切體。〈莽山・木屋〉七絕，淡出當年寫作《爬滿青藤的木屋》的時空，表述重過故地的感慨。

這本新樂府集最饒興味的，莫過於〈答文友生計問〉。傳聞上了網路，滾滾滔滔，說是古華製作仿古傢俱，胡弄番佬，歲入斗金。原來古華喜歡匠作活，撿拾遺棄的木板條，自己動手。小櫃小凳送人，實惠的則是打造了兩個車庫，兼作文庫，也算富裕了。他創作歷史演義來維持生計，揮灑筆墨的時候，「達官貴冑奈我何，禿筆猖狂任笑怒。」再也不必顧慮現實的壓力，寫作的天地無限開闊，得以「上窮碧落下黃泉」（出自白居易〈長恨歌〉）；而生活清簡，「安貧樂道」，天助人助，日子也就過下來了。

此外，〈天朝遺韻・向日葵〉列在「政事・詠史」嚴肅、沉重的一輯中，但古華的詩筆，輕描妙肖，鋪陳實事，而諷諭詠嘆，令人讀來愴惻悲傷。「向日葵」太陽花，既是實體花，也象徵人。「兒唱向日葵，老子頷低垂。」父子樣態各異，「跟著太陽轉，吃苦又遭罪。」政策多變，不跟不行，艱苦受罪。被批鬥時，個人的尊嚴蕩然無存，而人人自危，昨是而今非，即使功臣將相，黨國元老，也可能一朝被貶為黑五類。古華只提一個問題：「後人嗑瓜子，誰解其中味？」餘韻無窮。〈天朝遺韻・反革命〉以口語入詩，鬥爭大會實況臨摹，人物口吻傳神，而以歷史批判煞尾，既憤慨又無奈。

新樂府集裡的詠物詩，多數描摹景物而又兼起興抒懷，詠人亦然，不免夾雜論議。唯其如此，新樂府集更耐人品賞。〈竹品・春筍〉即可見出詠物的意境：「鞭節耕貧瘠，蓄力欲鼎山。」寫其堅挺，而竹的高潔，還有竹林天籟、眾鳥盤旋，令人讚賞。古華半生文學因緣，得以走出困窘，展現才情，締造佳績，一路多虧許多貴人扶助。他滿懷感激，對於風浪中提攜的恩情，筆鋒時常流露。而大時代鼓動風潮，其中許多政壇、文壇曲折驚險狀況，他的新樂府也多所著墨。〈送湘君康濯〉讚美提攜後進：「康濯樂為孺子牛。」而先是「忍看師友人變鬼」，文革時也十年「作楚囚」，不得不慨嘆「才華多為鬥爭誤」。〈憶周揚三首〉，擬了三個非常具樂府風味的小標目：淚滂沱、勤鞠躬、苦垂範，微言諷刺。一者數陳造罪：「一生撻伐何其多……晚年懺悔淚滂沱。」二者揶揄他作孽，文革後：「逢會道歉傷殘多，逢怨鞠躬幸存活。」三者細數周氏誠心悔改，有意立法保障「創作自由」，卻受到公然的侮辱，另成一文字冤案。除了〈胡風詠嘆調〉這類嚴肅的長篇詠嘆之外，許多詠史的詩作滿含嘲諷的意味；〈偉人遺事・百衲衣〉、〈偉人遺事・頤年雪茄〉、〈北京遺事・廣場、春潮〉、〈高官誦〉都不難推敲出弦外之音。無疑這些作品未來也必將成為歷史撰述的珍貴參證資料。

離開故土之後，古華作品轉向歷史演義，發表的園地則和高行健、韓秀一樣，是在寶島臺灣。臺灣的編輯、出版人對古華敬重而又喜愛。除了八〇年代人民出版社編輯龍世輝之外，他感念臺灣的聯經、三民出版人；也緬懷既是知音又情同手足的中副主編暨詩人梅新。對於《文訊》主編封德屏主持的「紀州庵文學森林」，他援古頌今，讚揚文學活動的盛美、文化事業的綿延賡續。他最新成篇的〈緬懷張賢亮〉，題目下按語：「賢亮，吾之老友已矣，雖萬人何贖！」是沉痛莫名的悼亡之作。詩中歷數張賢亮的文學成就，嵌入張氏的許多著作，這「傷痕文學領頭羊」，曾因發表〈大風歌〉而被批判、勞改；六十歲以後又在寧夏創建影城，資產數億，結筆：「黃河大漠孤煙直，張氏傳奇垂天幕！」王維的詩句借用來點出影城所在，寧夏也正是張氏勞改十九年的地方，呼應詩中：「黃河故道曾牧馬，賀蘭山深作炭夫。」傳主逝世不過十天左右，此詩已吟就，古華果然才思敏捷。古華新樂府歌吟的人物都非等閒之輩，尤其像楊憲益、沈從文、胡風、張光年、蕭乾、李銳、馮牧、周揚、康濯、胡績偉、丁玲等文化名人，在變亂的時代，命運沉浮，各有建樹，具見人物特質。就這點來說，這部新樂府集又可以當做出色的人物誌來品讀。

摹寫人物與吟詠史事，「人生百態浮世繪，紅塵萬象新史記」（〈贈老友陳第雄〉），恰好可以用來概括這部新樂府集泰半以上的篇章。

——《望秦樓新樂府集》序。《文訊雜誌社》，二〇一五年八月

——《文訊》第三五六期，二〇一五年九月

歷史故事改編的越劇《韓非子》

——嚴肅的命題如何浪漫起來？

二〇〇四年的五月，我在韓國的成均館大學客座講學，適逢國際孔學會議在成均館召開。大會上聽到韓國人宣佈說：已申請到把成均館的古蹟及祭孔大典列入了世界文化遺產；而且還知悉成均館藝術學院主導了一齣名為《孔子》的現代舞蹈。驚奇、震撼之餘，我想方設法去藝術殿堂細心觀賞了現代舞蹈四幕劇《孔子》。古典與現代，歷史與故事的傳衍，經過時間的長河淘洗，人物的個性，情境的揣摹，在真實與虛構之間，究竟如何創新，如何把握原型，而不失其精神的靈動？相近的思考，這回是出現在人間衛視播演的一齣改編自歷史故事的越劇——《韓非子》。我想到的是：一個嚴肅的命題要如何浪漫起來？

一、編造愛情，製造衝突；人道主義者如何辯爭？

這齣越劇是從司馬遷〈韓非傳〉關於韓非子生命最終階段的敘述文字轉生衍發出

來，添加了柔美的女性角色——愛才的知音寧陽公主。編造愛情，製造衝突，加強人物的複雜性格，發揮越劇重內心戲的特點，除秦王、李斯之外，也讓趙高登場，又塑造侍女阿蘭及未婚夫韓勇——韓俘的倖存者。《史記》記載：韓非和李斯都是荀卿的弟子，李斯自認為比不上韓非。李斯到秦國多年，這時已官至廷尉。韓非雖有絕好的政治主張，在韓國一直被排擠、被漠視；反倒是秦王看到他的作品，喜愛他思想的實用性，發兵攻韓，指名要韓非。韓非在宗主國危難之際，被逼出使秦國。秦王高興，卻不信任他，李斯怕他被重用，進言說他「終究為韓不為秦」，於是關入雲陽大牢。李斯派人給他毒藥，要他自殺。後來秦王懊悔，赦免他，他已經死了。歷史往往被寫成故事，這個故事富有曲折的情節，牽涉秦、韓兩國，韓、李同學相忌害（可比孫臏和龐涓）。秦王愛才，編劇覺得不夠戲劇化，虛構了柔婉的女性角色，妹妹寧陽公主愛才而私慕韓非，因而求師、拜師，把韓非「賺」來秦國。發兵落實了十萬之數，製造強敵壓境的力道。

韓非到秦國之後，一向口吃的人，如何辯爭？《史記》空白，只感嘆韓非寫出那麼完美的遊說／諫說守則〈說難〉，卻不能讓自己解脫，言外是否暗點韓非面見秦王時表達／表現得不夠好？越劇完全避開這個疑竇，另外塑就書生堅持理念的傲骨，滔滔善辯，振振有辭。韓非明知秦國強勢，有意為祖國緩兵，卻發現：秦國具有一統天下的實力，秦兵已出，大戰難免，韓國無法抵抗，眼看就要亡國，軍民死傷實在不敢想像。於是編劇編了「和平解放」的構想。韓非建議秦國先釋出善意，釋放兩萬的韓國戰俘，換取韓王自動求降，避免兩方生民塗炭。不料李斯把韓俘押赴南峰山中，亂箭射殺。劇中藉倖存的韓俘韓勇逃到未婚妻——韓非的侍女阿蘭處披露殘酷的事實。他罵韓非助紂為虐。韓非放走這對情侶，他們並沒能逃脫，韓非也因私縱逃犯被關入雲陽大牢。越劇多設計了一條愛情線，並且另列支線，把韓非編造成一位人道主義者，他看重人民的性命，相信秦國若想得天下，應該愛惜天下百姓。當得知韓俘被射殺，他非常憤慨；更悲痛的是，他以為寧陽公主藉口採取靈芝，其實是去山中觀賞殺戮戰俘，她是共犯。秦王依然想收服他，他和秦王辯爭，終究明白，秦王統一天下的目的與手段都不可能符合自己的理想，秦王偏用了自己的政治學說，只圖稱霸天下，不惜血流千里；他如果逗留在秦國，必然會被勉強按著秦王的意願活下去。他做不到。

改編的越劇《韓非子》把人際複雜錯綜的關係詮釋得細緻婉轉，也把原始的記載做了大翻案。韓非心灰意冷，主動向李斯索取藥酒，李斯樂得給予。韓非不放過，揭露李斯心中的隱祕：恨不得他早早了結，以免防阻自己的仕途。但李斯也辯明：殺俘之事公主並不知曉，她對韓非確實是一片純情。緊張的劇情延宕，我們先看到秦王和公主兄妹為韓非爭論，公主要求秦王，既想統一天下，做天下王，就要容納天下，為何不能容忍韓非的故國之情？她請准了去監獄探監。情節鋪排留了懸疑，還來得及道別嗎？是的，兩人互訴衷腸，纏綿悽惻。公主無須愧悔，期願來生再結情緣。不過個人意志，經世實用的學說被偏用了，若是苟且存活，屈從秦王的意願，那簡直是「萬箭刀剁，生不如死」。他搶了毒酒喝了。交代公主：請整理殘卷，加以補綴；請把遺體送回韓國。此時秦王駕到了，直呼：「何至於此！」耳邊響起再度歌詠愛情的詩篇：「桃之夭夭，灼灼其華。雖生秦野，四海同霞。君之來兮，琴瑟相依；君之安兮，夢繫虹霓。」餘音繞樑，虛構的愛情為這齣戲憑添許多淒美的情韻，中和了過度悲壯、過度陽剛的僵硬苦澀的氛圍。

二、一身傲骨，和秦王「劃清界線」，寧死不生

韓非是先秦諸子的殿軍，是中國最早具備完整政論的思想家，後人尊他為韓子或韓非子。他的帝王政治理想影響兩千多年的專制體制，似乎專制體制的優缺點，韓非子都得概括承受。知識分子一向以儒家思想為主體批判，法家因班固「傷恩薄厚」的論斷，從此戴上「殘刻寡恩」的帽子，便「嚴峻」得讓人們避之唯恐不及。越劇的編劇鼓勇碰

觸敏感的命題，比韓國人以現代舞蹈詮釋「孔子」難度更高出了許多，因為孔子是正面形象，只須增添浪漫色彩；頗受秦王青睞的《韓非子》，卻得和秦始皇「劃清界線」，必須翻案，得肯定秦人偏用了《韓非子》的實用哲學，中國兩千多年的專制體制如果有缺失，是執行的偏差，並不是《韓非子》的原構。越劇強調他的理念：希望秦王做天下王，珍惜民命。由於認清秦王只顧圖「霸」，並不求「王」，劇中的韓非寧死不生。《韓非子》關顧現實，主張面對現實、面對問題，去研擬解決的方案，但《韓非子》中也抹不盡儒家對人類的終極關懷，確實偶爾閃耀著「帝王政治理想」。越劇中把他描摹為人道主義者，選擇「和平解放」，有點意識形態。不過，也不是毫無來由。後代學者論斷他的〈初見秦〉、〈存韓〉中有些矛盾可刪的文字，就曾讓司馬光在《資治通鑑》批評韓非有意顛覆宗國，死得活該。我個人是贊成另一說：他一直捨不得放棄為韓國獻策的機緣，臨危受命才去秦國。他到秦國以後如何？發生了什麼事？最後被同學李斯陷害毒死，除了嫉妒，是否還有其他的內幕？此中還留存了廣大的想像空間，任由後人詮解。我覺得越劇《韓非子》對韓非堅持理念，選擇死亡的編排相當莊嚴，堪稱掌握了人物的精神特質，即使是戲劇，也很令人感動，何況還添增了犧牲愛情的動人細節？

上海越劇院於二〇〇八年新編創新的越劇，因應戲劇文類的特質，增添許多討喜的角色，強化劇情的衝突，而突顯秦王偏用《韓非子》學說，嚴肅地把韓非子編造成一位人道主義者，敷演主角一身傲骨，不肯屈從，自我選擇死亡的莊嚴場面，饒富深義。至於徐派小生錢惠麗（飾韓非）、袁派旦角方亞芬（飾寧陽公主）、陸派小生黃慧（飾李斯）的出色展演，李寶春說戲都已敘及，非常精采。可惜說戲最後提及〈說難〉，明明是「遊說困難」，不念「稅南」，便不能盡意。

——《國文天地》三八〇號，第三二卷第八期，二〇一七年一月

二〇二二年十一月十三日補充

輯貳

精緻深密的知性美文

——王鼎鈞的《小而美散文》

不信偶然，人生太無趣；不信必然，人生太危險。

路經爾雅，聽說鼎公有新書，不由分說，就買了一本，便是這《小而美散文》。細讀慢品才能見出《小而美散文》的絕勝優美。壓縮的精緻文墨，毫不費辭，而能曲盡其妙；大有見地，卻總輕描淡寫。

王鼎鈞卜居紐約法拉盛時日不短，既有文名，又年高德劭，常被華人組織邀約出席、致辭。這類通俗應景的講辭，最易流於泛泛虛文，刻板俗套；想做到出奇而仍切體，感人而不渲染，並不容易。鼎公卻能針對團體的特質，主事者特性，語帶幽默，提出觀點，切要得宜，書寫成小而美的散文，堪稱應用文的典範。

書中不少發人省思的篇章，王鼎鈞時不時地針對現實談論到一些時事，提點出關鍵性的問題癥結所在。複雜的抽絲剝繭工夫，仍以短小的篇幅容納；偶有言之不盡，不免再續相關的文章，卻獨立成篇，依舊短幅輕巧。〈消失的紅羽毛〉談論臺灣早年（一九五〇初期）的冬令救濟募款活動。義賣一角錢的鐵片小徽章，透過市政府行政權力推銷至「公私機關、人民團體、教會寺院、商業行號，乃至保甲鄰里」募款。甚至發動小學生上街，「勸說行人解囊」，提早讓孩子體會到人情的冷漠；以配額、競賽的方式，變相教壞孩子抽傭金、小貪污。於是鼎公提筆呼籲停止小學生上街義賣。後來，義賣停辦，冬令救濟也取消；代之而起的是接濟貧戶怎麼定限。

有一位企業家說：他「痛恨」當年所受的教育。臺大電機系的教育沒有啟發性，未能培養他的創造力，幸虧他沒好好讀書，才有日後的成就。王鼎鈞懷疑：他只憑「沒好好讀書」能有日後的成就？須知教育「給你一個高度，也同時給你一個限度」，點出多元、多面的影響性，「欣賞自己」和「感激臺大」並不衝突。對於人們熱盼獎券、賭博有運氣贏錢，〈信運氣，不靠運氣〉一文，從偶然、必然發論。守株待兔的典故，《韓非子》用來抨擊儒家學說，我也曾解析過：問題在於儒者是否往往把偶然性說成必然。王鼎鈞說：「不信偶然，人生太無趣；不信必然，人生太危險。」要知道：中獎、贏錢是「偶然大過必然」，生活態度最好是追求「必然大過偶然」。真是智者通達機趣之言。

王鼎鈞檢討海外華人累世倍受歧視，教育子弟因應之道，從隱忍退讓到抗議反擊，而歧視有的嚴重至於轉為暴力傷害。紐約治安不好，〈外賣郎對小混混〉說，留學生打工兼外賣郎，「由罪惡空間出入」，「精英中的精英」跟小混混拚生死。王鼎鈞深思熟慮，認為：單獨個別的奮勇抗爭已不能奏效，有時還招惹殺身之禍；反歧視必須是集體行為，以全社區為後盾。

王鼎鈞也沉痛地談及「弒親文化」：十七歲的華人少女，因為父母反對她和男朋友交往，就與男友合謀殺死父母，毀屍，偷走首飾和現款。這駭人的弒親案不是中國文化，大家都會批判。但更深層另一種「弒親」來自文化，受文化保護，是現在進行式。王鼎鈞舉例：孩子長大了，不肯向同學介紹：「這是我的母親」；父母督促子女用功，考入一流大學，勉勵保持優等成績，孩子說，你們只關心在子女身上的投資，滿足自己的虛榮心；兒子頂尖大學畢業，進入頂尖機構工作，又和富家千金愛情成熟，婚禮盛大隆重，但新郎的父母一輩子在鄉下捕魚養鴨，默默坐在下席，以此為條件，才可以親眼看到兒子的終身大事。在那時刻，這些父母都覺得被人殺死了，然而這種被容許的弒親文化，兒女們坦然，並無罪咎內愧的反省。

我喜歡〈蘋果墜地時〉的美麗溫馨，五十年代某個夏日午後、酷暑悶熱的公車車箱中的一景。向陰的一排乘客坐滿了，首尾同樣坐一個母親帶著一個小女孩。排頭那個女孩手裡拿著一個蘋果（那年代是進口的奢侈品）。車身（陷坑洞）猛烈震動了一下，女孩手中的蘋果墜地，一路滾向車尾。王鼎鈞細描長凳末端的女孩「以對心愛之物特有的敏捷，把滾到面前的蘋果雙手抓住捧在胸前」，然後兩個孩子對望，這女孩「一手舉著蘋果，一手扶在眾人膝上」搖晃著走到失主面前，等那女孩接過，轉身仍然扶著眾人的膝蓋走回，「她的手在眾人的手掌上，大人們紛紛伸手迎接，一排大手搭成一條有彈性的欄杆，此起彼落，只聽得一串好孩子！真乖！」多麼精緻優美的描摹。

幾篇懷人記事的文章，深刻感人。〈姚慶章紀念館留言〉寫畫家姚慶章的畫風、健談、熱情，到大陸講學，以及姚夫人長年的支持鼓勵。他敘述來自金鄉的李老師教小五的學生，用十六開的紙張如何分派謄寫拼組成滿牆的大報；李老師說金鄉不產黃金，產中國人的愛國心。他追憶戰後第四任臺中縣長于國楨，一位自己揹著行李到差，不受地方招待的「清官」。王鼎鈞寫歷史小說家南宮搏，也是詩人、報人、歷史學者。六十年代後期，曾受邀以社長之名入盟《中國時報》，卻一味地稱呼余老闆「紀忠兄」，搶風頭。這文人風骨，使他在這位子上幹不長。

在〈本領與個性〉中，王鼎鈞談到個性需要本領支援，而本領需要困而學之。旅居國外，受環境磨鍊，不談個性了，談修養。王鼎鈞了解其中許多無奈，僅就歸化異國而言，法律、血統、文化上的中國人，也還三分保有其二，他套了沈葆禎題讚鄭成功的名聯，說：法律資格也只有「極無可如何之遇，做破格完人」了！人情練達的妙語大有深義。

王鼎鈞觀察到很多亂象，不懂社會環境惡化，「殺氣何來」，有些人就是偏執地「決心誤會」；他感慨「人在網中」，可是他對未來並不悲觀。他肯定諸多華人各組織團體的努力；他表白：中文是護照，中國文學史是家譜。中文是戀愛，中文閱讀是海誓山盟。久在海外，也無需擔憂，因為：「聖誕老人在你手裡」。

他的散文是知性的美文。對稱、駢偶、類疊、排比的技巧，隨處可見；鋪陳中有描摹，綿密反覆而下筆精切，蘊意深刻而不失委婉。

這本《小而美散文》，穿插了許多鼎公書法，大多是五七言詩，偶有篆章，清雅耐玩。美之為美，這些藝術也該包涵在內。

——《中國語文》七二五期，二〇一七年十一月

《度有涯日記》詩筆憶述，見人所未見
——與鼎鈞先生書柬

還鄉人除了眼淚，還帶來微笑。
有時啼笑兩難，哭，對不起下一代，笑，對不起上一代。

鼎鈞先生：

實在很慚愧，近日才有機緣拜讀您的《度有涯日記》，非常佩服，也感觸良多。我寄給您一點讀後感，順便列印兩篇小文章，請您指教。〈子產斷姦〉，您詳細解說女子哭靈的古禮，對年輕讀者的理解非常有幫助。我也曾在課堂上為孩子們分析，臺灣儀俗，女子哭靈，必須放聲嚎啕，在家母那一輩人還看得到，到了我們，受西方禮儀影響，往往是泣而不哭，或者說是吞聲哭。我發現包公案也有類同的情節，也許您會有興趣，就不顧這篇文字粗疏了。另外一篇〈子產善相小國〉，費過一些工夫整理的，當年在《中央日報．長河版》發表過，一併請您指教。提及《中央日報．副刊》的主編梅新，您會記起，我是梅新太太，本人在師大國文系服務。小女光霽曾跟著父親在紐約見過您。一九八八年中副加編長河版，專收文史哲的文稿，我撰寫過四篇「春秋人物論」，〈子產善相小國〉是其中之一。

您的《度有涯日記》，標誌了是「『王鼎鈞回憶錄四部曲』域外篇」，照說應該是涵容三十餘年來的美國生涯，卻只記一九九六年四月到一九九七年三月的日記，而當時第三卷、第四卷的回憶錄還在醞釀中。關於美國，您已寫過《海水天涯中國人》、《看不透的城市》了，不知選擇一九九六、一九九七的一個年度，是基於怎樣的考量？恕我不敬，依我個人揣測，莫非這樣加標副題，把幾本書貫串起來，是隱地先生的妙想？您似乎慣於記事、記感，也做讀書札記，卻並不勉強寫日記。《度有涯日記》雖然和多本爾雅的年度日記有些形似，本質上卻大異其趣，比較像是有規劃的、採行日記體式書寫的知性、理趣散文集。

初閱《度有涯日記》，收到一位學生來函，我談及展卷印象，就說：畢竟散文高手，日記一樣寫得雋永耐品。文筆簡切凝鍊，是您一貫的風格，收筆常含不盡之意，正所以見其雋永。此書最多的是閱讀感懷，單單提及讀某書的，粗估近三十則，有的則是閱報或書刊雜誌而得。您為籌寫回憶錄，買了五百本書，還得上圖書館。想來涉獵幾百本書為回憶錄的撰寫而積學儲寶，大概也讓您慧眼明察；您看書總能看到不足之處，有憑有據，道出史實失考之處（至少有六處），博學多聞，自有睿見。報章雜誌上的某些報導，您觸發感想，議論風發，如論亞裔移民種種，辭鋒犀利，卻總句句在理。

您在文學界成名已久，交往各界賢達，閱人無數，也見過各色人等。受訪、訪人、餐敘、聽講、座談（登場人物超過一百五十人），寫人記事，往往三言兩語勾勒出其人特質，形影如繪。聽講，即使講者語言無味，您也觀察到有畫者靜心素描，自得其樂。您參加多所教會，與各處牧師交遊，來往兩岸新舊教徒，交換移民經驗，您偶爾也不惜說些逆耳忠言；對於宗教，您自由跨界，相互參證，對三教精神、境界常有比論，雖為家傳虔誠基督徒，也不諱言《舊約》某些篇章不盡合理，佛教比較圓滿。有幾個專章，談及兩岸環境隔離，觀感不同，為了尋人、買書、找資料，十年來「給大陸親友故舊通信幾千封」，通信的體驗，卻很複雜。當面談話，也會需要「學習如何跟你的兄弟相處。」在海外，您也閱讀臺獨人士的作品，偶有接觸、對談，婉轉勸喻，換得合十一揖。您談王藍，深入到《藍與黑》有批判當道的意味，使得王藍只能從事筆會等藝文活動，而無緣在政途上有所發展；談及西安政變，張學良是否後悔，點出：「毛澤東的深沉老辣蹧蹋了少帥的浪漫熱情。」論及王任遠，讚他是廉吏，也是猛吏，曾配合小蔣雷厲風行，卻不知後來領袖以寬濟猛，他只能被貶黜。這些時事論評，深入肌理，見人所不能見的史識，是您憂國憂民，大量閱讀，長年觀察所得。所以，一位前輩記者談及李荊蓀受匪諜牽連入獄後，他接獲臺北某機關要他回去述職的信，後來知道乃誘捕之計。李案結束十年後，他回臺北，老同事、老同學請吃飯，這位請他「述職」的大員、老同學、老上司緊緊握住他的手五分鐘，一言未發而去。您就道破了：「大員這一握是典型的官僚身段，可以入戲。……他當年在壓力下做出違心之事，但是他發公文要你『述職』，即是在公文中留下破綻，讓你心領神會。這是臺灣『白色恐怖』最有人情味的故事。」全文充滿戲劇性，發人深省。

您斷言：蔣經國有心「為他家老太爺的專政尋求救贖」，也明指鄧小平遺囑向死者家屬、全國人民道歉的傳說，是由於人們希望他（也唯有他可以希望）對天安門事件有所救贖。關於二二八，《度有涯日記》著墨不為少，這段史事，至今仍是眾說紛紜，在臺灣，則是呈一面倒的解說，並且帶有主觀的憤恨；多年的黨派爭權，又放縱成為一種災祟。二〇一三年三月十日，在《父親與民國》出版後一年，白先勇紀念父親白崇禧一百二十年誕辰三日活動的第二天，曾經在國家圖書館，非常鄭重、隆重地舉辦了幾場「白崇禧與二二八」學術研討會。記得中央研究院院士朱浤源獨排眾議，強調目前許多定論當年選擇材料都不盡周全，並且指出：許多政府後來平反、予以賠償的個案，某某某某都是貨真價實的中共地下黨員。當時在場的其他論者，並不曾提出質疑，這證明朱說有據。我相當震撼，印象深刻。

《度有涯日記》的雋永耐品，還在於許多則寓言與夢的設計。許多小故事，各有所見；許多談話，簡直就是寓言（如：朱女士的小故事，頁十九）。「天方人物速寫」是篇優美的抒情散文，由夢境起筆，寫得像詩化小說，媲美早期膾炙人口的〈紅頭繩兒〉。藉著夢境引入主題（至少有十則），有些黑甜之鄉、沉重之極，潛在的幽黯意識，往往仍是「昨日的雷」跨度不過來的惡魔。這些夢境及其寓意，很值得推敲。《度有涯日記》記述紐約的現實生活，有幾則小人物動人的故事：夫人的友人期盼生女兒而多次生兒子，雖然移情憐愛一些乾女兒，仍不免悵憾；餐廳老闆老翟來美隨父創業成功，賺了大錢，卻難免有錯失大學教育的無奈悵「痛」。老聶申請加入美國籍，遲疑、延宕了十年，如今為了兒子就業履歷表更好看、更有利，他辦妥移民了。此篇寫出您這一代人「從顛沛流離的中國人，做到頤養天年的美國人」，是如何的心中掙扎、煎熬。另一則老闞的「移民典範」，也是愛子心切，大陸新移民急切爭取落實父子同夢，他有綠卡，兒子來讀大學；不過，六年辛酸折磨，他的形貌大異。這幾篇「速寫」，都細緻入微，文筆考究。至於「還鄉小記」，綜述由臺灣還鄉探親的各種經驗，還鄉隊伍包括一位不知父母姓名、無鄉可尋、無家可歸的老兵。行政區域重畫了，得買張地圖；「許多事只能哭，不能問。」「還鄉人除了眼淚，還帶來微笑。有時啼笑兩難，哭，對不起下一代，笑，對不起上一代。」而「六〇年代求婚記」，則讓人衷心懷想，追思許多一去不回的古拙樸實。這些篇章凝鍊飽滿的文字，餘韻無窮。

您關切所在國的教育，常藉機比較，有借鑑他山之石的心意。參加某中學畢業典禮，讚嘆西方教育理念能尊重學生，把活動的主軸擺放畢業生代表致辭上，同時又訓練他們獨立思考，各談體驗，嚴格掌控時間，又不失少年的天真活潑。而為某少爺所寫的短文，意在規勸。高幹子弟出國，揮霍無度，足以反襯家長貪污受賄；應該重新建立毛公以苦行治天下、「越窮越光榮」的價值標準。這些話針對性效果有點問題，卻正是您不得不言的遠見。最切實的莫過於應邀到中文學校去演講：如何撰寫兒童演講稿。如何教孩子演講時說些娃娃語，應該會是你所強調的一項。

您在《度有涯日記》中談人論事，寫下許多事類類比的評斷，精要切體，往往還具有對襯、排比、類疊的修辭，如果彙編一起，可以成為現代版《世說新語》。您也寫出許多簡要的應世之變的事例，「聽母親們談孩子」，談感恩，談抄襲，談感悟，真是妙趣橫生；記下「家庭主婦的定義」和「老人如何安全過十字路口」，則幾乎可以當做格言讀了。

有三處記載，令人感動莫名：趙友培教授說他常想到：「上帝派遣獨子在世為人，釘在十字架上受死，他怎麼捨得呢？」一語切中人性深邃的情結。大凡人，沒有一個不疼愛兒女的，佛家說：恩愛牽纏；唐代傳奇〈杜子春〉設計修道的情節，已闖過喜怒哀懼惡欲的考驗，就差「愛」的一關，做母親的眼見孩子被摔死，忍不住長嘆一聲。您的母親祈願審判日晚些到來，「世上還有這麼多人沒有信主得救。」因為不忍眾多受審者將被投入地獄。您又記畫家丘丙良屠狗一事，他原本屠、烹皆有所長，興致勃勃，萬事俱備，卻毫無動靜；只因「眾幼犬目光炯炯而視」，他說：「老了，手軟，沒法下手。」他不忍哪！

應該向您的夫人致上虔誠的敬意。夫人非凡人也。她的花藝和您的創作可稱雙璧，並列聯展，世界書局確有巧思。語錄精要，富含哲理；盆栽生機勃發，具美感，有創意，您的標籤雋語使她的盆栽活化增色。您的芳鄰江上丈人指點您一些生活上的常識，其實是不傳之祕，他的智慧內蘊感人。您的家貓 Smoke 在書中魅力也不弱，貓有性情，貓有情感。聖誕之前五日，您記下短章：

貓跑出去散步（天氣這麼冷，牠何苦？）；我出外尋找，感冒了（我何苦？）。

本是尋常事，兩個括弧，略事點撥，便成了韻味深長的短詩。

我覺得，您為文確實長懷詩心。《度有涯日記》，十二個月，每月的標目，都是詩。插圖影像串聯起一生，「對照記」是詩化散文。

強颱尼伯特來襲，據報導今日（清晨）五點五十分已登陸臺東太麻里，颳著一百一十六年來最強勁的十七級陣風。臺北暫時還平靜，希望這回不太嚴重。今夏臺灣多災多難，天佑臺灣。

因為颱風假接連周末，這些文檔，只能下周一（十一日）再奉寄了。祝

健筆常新　平安喜樂

晚　敬上

二〇一六年七月八日

後記：本文原為敬奉王鼎鈞先生的信柬，未曾發表。談論《度有涯日記》一書（二〇二二年九月初版），相當周詳，略有所見。二〇二二年十一月二十三日。

從《湍流偶拾》談繆天華先生的文藝創作

日前師大國文系幾位師長、學長談起繆天華老師當年授課丰采及博聞廣識、親切慈藹。我手邊珍存他遺贈的一套藏書：《周作人先生文集》，上有許多紅、藍勾勒及圈點、眉批；平日談話，也曾聆聽他對現代散文的見解，深知他創作散文極為講究，頗具特色。本文據《湍流偶拾》客觀談論繆先生的散文創作，希望能藉此再多理解繆先生精采人生更多的面向。

繆天華先生（一九一四－一九九八）的《湍流偶拾》散文集，一九八五年出版，跨度十來年，共五十幾篇創作。屈指算來，他渡海來臺已屆四十年。他個人是研究、教授楚辭的著名學者；生長於浙東文風丕盛的環境，自幼接受新舊學的薰染，與時俱進，跟上時代的浪潮，他對創作有相當嚴格的要求。在〈學海三師〉中，他提及：「我平日寫文章，總想做到不枝不蔓，儘量削去不痛不癢的浮詞贅語，達到雋永有味而又不流於局促枯澀的境界。」

《湍流偶拾》寫的是懷人思舊、感物描景，一些遊記也常摻入許多懷人寫景的細節，卻總是從作者熟悉的生活中來。由於他曾主持古典小說的校閱和《成語典》的增編，一些考訂的曲折事證、典故出處，許多纏繞的枝節、古今流變，他也取來剖陳、解說，卻能讓人在繁複中釐清原委，受益良多。他履行清新而含蓄、以求雋永而有趣的大原則，各篇獨立的單元，敘描焦點集中；因此有許多作者個人的經歷、趣聞，往往散置在各自相關的行文中。故鄉山明水秀，他從小喜歡遊山玩水；到臺灣來以後，他常約集三、五好友一起參加旅行社舉辦的一、二日旅遊，偶爾也「獨遊」，有所感悟，就運筆成文。他寫景自有其技法，有時是今昔襯比，一邊寫眼前的風光，一邊憶溯某地相似的勝景。他懷人的篇章，最感人的是遙寄摯友知己逸菴的三篇（另外，〈吳淞江畔的追憶〉既有「天才作家」沈從文的畫像，也有逸菴調皮的形影），其中兩篇竟是遊記。雋永耐品，是因在出遊之後，記實寫景卻在懷友中完成。好友不知身在何處，但期盼他能看見這封信。第二封信書寫，得知逸菴已不在人間，細細向好友描述遊杉林溪的景況，意在分享，具見懷人的深情。第三封〈十丈嚣塵寄逸菴〉，則敘述都市中生活、生病和校訂《重編成語典》，並摹寫中正紀念堂「晨昏晝夜」的景致。信寫於一九八三年陽曆的除夕，文末引述梁啟超《雙濤閣日記》，梁氏身在日本，正月初一率兒女向大陸的父母拜年。繆氏無一語傷時感慨，只報告自己「閒逸生活的一面」，用詞精潔明淨，這就達到雋永而不枯澀的意境。

〈學海三師〉原刊於一九七九年九月二十八日教師節的《臺灣時報・副刊》。這篇文章理當是應景的懷念師恩的作品，可能描摹師長的偉大、慈藹、無私的奉獻等等，繆先生卻有出奇的布局。他先引述傅孝先《無花的園地・代序》痛快地指陳出版品：垃圾、草料、精神食糧的三分等次；以此深自檢省。再則談到董保中〈我的老師〉，略抒感想，而帶出印象最深的三位老師：小學的戴志明老師、高中時期的夏老師、吳淞中國公學時期的蔣梅笙老師。他不僅描摹當年特殊的印象，還追述後來師長的發展、自己一生受到的影響。

綜合諸篇散文，約略可以串聯起繆先生青少年在大陸的經歷。十六歲出行，到上海投奔兩位舊同學，朱君在一所藝術大學就讀，繆先生也選了幾門文學的課程，其中有傅彥長的藝術論。不想大哥音樂學校畢業找事，竟全賴傅教授介紹譜曲，又介紹去同濟中學任音樂老師。一九三一年中國公學的追憶，勾勒了沈從文：「寫文章揮灑自如，口才卻是不好的。……他說不出話來，只是在黑板上寫滿了又擦掉，擦完了又再寫。但他在上課之前的準備是相當充分的。……至於他的字，遒勁娟秀，曾經下苦功練過的。……聽說他常常把自己鎖在房間裡，在裡面寫作，拒絕會客。」文中也提及張兆和及其妹沈岳萌。後頭附及公學的室友羅光復，仿〈公無渡河〉的四言詩，諷喻規諫；他們後來成為論學的益友。這篇文章遣詞用字精潔，「擦掉」、「擦完」避免重複，又有次序；而涵蓋面周全，沈從文的字體「遒勁娟秀」，點出了兩種未必能兼具的風格。

一九四一、一九四二年間，大哥在吉山福建音專任教務主任，繆先生避難前往求職，為一張椅子無意得罪事務主任；勝利後輾轉來臺，過程波瀾起伏，雖被欺矇，卻也到達臺灣，稱幸是教育處邀約人員。此中寫出人情詭譎。〈懷「江南才子」盧冀野〉一文，則是另一角度補足福建音專校長盧冀野的軼事。一九四二年雙十節前宣佈他出任校長，繆氏寫盧校長的外型，他的練存軒，他作了〈練存軒銘〉。繆先生助編校刊，也引述自己的舊作〈練存軒雜事〉：記一九四二年除夕，《音樂青年》編者索詩，盧校長持筆立成二絕，語帶雙關。末了，介紹他的學術論著《明清戲曲史》，以及《飲虹五種雜劇》，「友人從舊書攤買到」的《盧冀野少作集》所收的只限於舊詩、詞、散曲；另有新詩二冊：《春雨》、《綠簾集》，果然「江南才子」並非虛名。

他寫齊鐵老，從他的國語唐詩朗誦說起。兩人相識源於中國語文學會開會。《中國語文》如今已邁入第六十五年，當年語文界前輩們曾經竭力經營，把這本雜誌辦得風風光光的，學會也發揮了不少凝聚的作用。齊鐵老和繆先生密切接觸，是一九六〇年代初，在英語系實驗班學生舉辦的「詩歌朗誦會」上。他以國文老師受邀而推薦齊鐵恨教授朗誦唐詩。「那天朗誦的，有英詩、中國現代新詩、唐詩等。」當年英語系實驗班學生的視野挺開闊的，有學生說：繆老師經常鼓勵他們創作。

他生病，在文章裡總是輕描淡寫，也許是慣用清逸的筆法所致吧？有兩篇提及病況的散文：他趕著《成語典》的增編二校稿，過度勞累，舊疾十二指腸潰瘍復發，醫囑住院。他卻放不下工作，想出兩全的辦法：向學校和書局請假一週，約了助理，請了翻檢、抄寫員；就這樣，一邊養病，一邊校稿。如此收穫可觀，「病中的憂慮鬱悶全都一掃而空了」。修訂工作完成，「病也漸漸痊癒了。」孟浩然詩云：「多病故人疏」，生病時很需要朋友，而朋友卻也禁不住長久多時的消磨，孟詩含蘊相當的惆悵；繆先生病中懷念朋友，逸菴卻已故去了，他仍然要以書信告訴他：「初次嘗到了病中的樂趣」。如此品賞，可知：繆先生果真是善於書寫清新明淨而雋永有味的散文了。

在國文學界，既述且作、又能獨具一格的學者作家，原本難得。在上世紀，像繆先生這樣遭逢世變，流離來臺，過往的經驗，沉痛者泰半；在臺教學著述，他的生活也有

「隱憂懊惱」。但他的創作，卻多寫情趣，少及怨苦。本書〈卷頭語〉說：他喜愛杜詩，「最喜歡的不是他那些淒涼沉痛的苦語，而是他在憂患生活中昇華出來的麗句」，企慕杜甫能「化憂思苦情為清麗的詞句，和佳妙的意境，然而感人的力量反而更深。」他因此「寫文章喜歡含蓄一點」。他深諳優美散文的祕訣：明淨才能含蓄、含蓄才能雋永。

繆先生二十歲即以〈雞〉刊在林語堂編的《人間世》；曾以「木孤」為筆名投稿到趙景深主編的《青年界》。趙景深在吳淞中國公學教元曲，「聽的人滿坑滿谷」，他「也去旁聽過」。可見他創作新文藝，發端甚早。一九三九年，抗戰爆發，上海成了孤島，他做了一篇彈詞〈新娘嘆〉，承蒙趙景深潤色，轉介給《文匯報》發表。一向平和謙沖的他，身陷孤島上海，也不免要寫出暴露日軍暴行的抗戰文學〈新娘嘆〉；雖然趙景深已經把一些尖銳、粗鄙的詞語修飾過，也只有《文匯報》敢於登載了。來臺後，他出版過四本散文集。他沒受到感時憂國、奮厲激昂的時代風潮影響，而是思慮清通，專意走平實的清逸、清新而又雋永有味的散文創作之路。繆先生藏有全套周作人散文集，上頭常見加了一些眉批，想來他是跟散文名家思果一樣，服膺豈明老人的創作，寫作多多少少也有近似的風格。

——《中國語文》七一八期，二〇一七年四月

自然生色

——鹿橋其人其文

我們怎能讓鹿橋（一九一九－二〇〇二）這麼一位極具中國知識分子風範的人物真的「人以文藝傳」，而不是「文藝以人傳」？鹿橋體現孔老夫子「為學首在做人」的信條，除了專業美術史研究與文藝創作，我們確實還得理解他究竟是怎樣的一個人？適度地應該讓鹿橋的「人」與「文藝」並重。

一、**理想書寫**

鹿橋出版的中文文學作品，有暢銷而且長銷的小說《未央歌》、哲理小品《人子》、日記體裁的《懺情書》，以及散文集《市塵居》與繪本《小小孩兒》。鹿橋從一九四五年進入美國耶魯大學攻讀美術史以後，旅居美國逾半個世紀又七年，其間來臺近十次，只去大陸一次。他既是名聞國際、學有專精的東方美術史學者，他的興趣廣泛，小說、散文、詩、歌曲、書法、繪畫、田園設計、房舍建築、戲劇、電影等等文藝、藝術，也都嘗試過。他關於美術、建築的學術論文大多以英文出版，有的譯成德國、意大利及日本文字，在學術界獲享殊榮。研究與創作使他列入美國名人錄、世界名人錄。

《未央歌》前十章寫於民國三十四年，赴美又接續寫後七章，十四年後才出版。小說以抗戰為時代背景，西南聯大、雲南為場域，重點不在描繪慷慨激昂的抗敵意識，抑或抗戰艱苦之寫真。他描摹一群生長於大時代各具性情的青年學子，配角人物大致都還寫實傳神；主角大余、小童、伍寶笙、藺燕梅，則在寫實的層面之外，還賦予了相當的理想性，成為兩組離析而又疊合的人物塑型。大余和伍寶笙是男女成熟穩重、承擔大任的典型；小童和藺燕梅則代表成長中的優秀男女青年，孩氣的、不安定的個性，有待磨鍊，才能塑造出完美的人格。在細節描繪上，《未央歌》充分把西南聯大的學生生活映現出來，雖然偏寫理想，有些浪漫唯美，但鹿橋寫出人生的憧憬；選材即使不肯直接書寫愁苦與創傷，要突顯諸多人物的勇敢積極，作者還是適度呈現了青年與時代不可割離的密切關係。試看珍珠港事變之後，學生們分批忙著戰地服務：救護傷患、安頓歸僑與難民，編劇本、演話劇，以便籌募抗戰基金。有的保留學籍，隨軍入緬，有的做了軍中翻譯官，有的做戰地記者，有的考了軍中飛行官，小童差點跟人潛回東北從事地下工作。書中的重要角色都在學問上苦下功夫，成績卓越。只問耕耘，不問收穫，因而不求而得。書中一再闡發順其自然的道家哲理，也強調盡其在我的儒家修為，融合而為一種超乎名利、積極進取的人生觀。

鹿橋說：《未央歌》不是寫抗戰也不是寫戀愛，而是寫友情的。這種友情，書裡書外，延續到《市廛居》，在李達海身上見得分外清楚。鹿橋從翻譯中的新聞短片，一眼認出李達海；延陵乙園的文會，李達海來參觀過不止一次。李做經濟部長時，隨行車仗氣派十足，卻讓他載往延陵乙園促膝長談，睡在還未加鋪塑膠板的地舖。一九八九年十二月十七日，行政院文建會與中央日報副刊合辦了鹿橋作品的討論會，李達海代表鹿橋出席，被會場熱情的聽眾認定是《未央歌》裡的小童（其實鹿橋自己才是），一向少寫家信的李達海會後寫了九頁的長信跟他報告經過。

二、自然盡性

真要體會《市廛居》中〈可憐的鷂鷹〉整篇文章的深意，你得重新溫習《人子》中的〈鷂鷹〉，弄明白隱含的哲理，並追溯到〈渾沌〉中馴鷹師的成敗。一位有理想的馴鷹師買回一隻頗具潛力、卻尚未發育完全的幼雛鷹，按照父子相傳對幼鷹最好的訓練方式，把牠調教得既通人性、又能充分施展鷂鷹的本能，一切飛翔、搏擊、升騰或俯衝，無論速度與姿勢都達到十全十美的地步，然後馴鷹師把鷂鷹放縱回大自然界。故事隱含的意蘊是：人若是愛護鷂鷹（動物），最高的境界就是尊重鷂鷹，訓練牠，是為了幫助牠施展牠的潛能，一旦牠的能力具足，可以在自然界自由自在地生存了，就該讓牠回到自然界去。這個有理想的馴鷹師也正是借重這隻有靈性的鷂鷹來完成一項完美的實驗，人與鷹的相處，絕對超然於名利之外。現在說鷂鷹可憐，可憐牠雖然深愛主人，卻不能領略主人盡「鷹」之性，要縱放牠回去自然界的苦心，還流連徘徊，發出一聲聲哀鳴。而〈可憐的鷂鷹〉中記敘外籍友人校譯〈鷂鷹〉，喜歡它的描寫，卻對故事的結局感到失望。認為費盡心思訓練成功的鷂鷹，應該去參加比賽，「與宮廷養的那些鷹去較量，她不但項項節目都占先，還能用智力躲開宮廷鷹師的傷害。」那樣就可能被大導演把故事買去拍成電影。顯然，美國讀者採取了完全不同的理解角度，買櫝還珠，用功利的觀點抹煞了〈鷂鷹〉原文崇高的意境。可憐的鷂鷹！即使鹿橋二十四年前已經替牠安排了最完美的出路，人們還是要採取自以為是的功利觀點來臆測牠的歸宿！

《人子・渾沌》中的馴鷹師最初是成功的，壞在可汗突然提出索取鷂鷹慣常當做獎賞的獵物，馴鷹師的人間禮法非得接受這種蠻橫要求不可，在鷂鷹受馴養訓練的鐵則卻是絕不能如此的。馴鷹師無法讓鷂鷹了解這種人間禮法的無奈，為了酬答鷂鷹的努力，他突然去掉護臂，把自己的手臂做了犧牲，如此也就陪上性命。然而〈鷂鷹〉中那個幼時眼見父親慘烈犧牲的馴鷹師，卻能在突然卸除護臂的狀況下，他的鷂鷹竟能立刻校正降落姿勢和速度，消釋了俯衝力。這樣一來，靈性和倫理鷂鷹都完美兼具了。

《未央歌》裡的伍寶笙出場，寫得像童話一般，美麗健康的她，愛美麗健康的動物。她抱過小羊，又去逗弄小童的鴿子和小兔。想起鹿橋修建延陵乙園，怕忙碌走動不小心踏到小貓，乾脆把牠們放進襯衫口袋，忍不住莞爾。而就《未央歌》人物角色來說，伍寶笙與小童都愛心無私，順任自然。順從自然，不是消極退隱，而是盡其在我。大宴檢討大余「鞭策自己運動」，使學校變成「趕工的機器廠」，那又失之過分，少了從容不迫。鹿橋按照自己的理想營造了延陵乙園，形容「半是難民營，半是靈修舍。」以樸實自然為主，舊木料新設計，發揮美術建築的專業，在異國展現中國田園山水的美感，舉辦文會更是文化合流的大事。但雙手建園絕不奢華，營造田園也絕非逃避現實。

三、愛人惜物

鹿橋愛家愛妻愛兒女愛朋友愛學生，他體貼人情。一九五八年他申請到一筆獎助金，要出國研究一年，四個孩子，最小的才六個月，師友建議他自己走，他卻堅持多帶四件「有腿（會跑）的行李」，全家人一起旅遊世界，工作也毫不耽誤。一九九八年應歷史博物館之邀回國演講，所到之處，夫人的輪椅他總是自己推著。他在忙迫行程中仍特意去拜訪李達海夫人。在《市廛居》新書發表會上，他特別交代約我參加；我邀請他到師大演講，他居然開場先敘說一九八九年中副主辦鹿橋作品討論會，梅新身為文化人能如此關懷文學實在難得，結束時還說：「謝謝梅新」。他的體貼，是感懷逝者，撫慰生者。至於他對待戚友就更周到了，常是愛及第二、三代，像樸月那樣沾點親戚關係又是學生晚輩又是忘年交的，她盡心編輯《鹿橋歌未央》，也恰如其分，這本書成為理解鹿橋很好的參證。

在《市廛居》裡我們看到：都市人的不耐煩、冷漠、不誠懇，不像南方小鎮充滿濃厚的人情味，鹿橋完全能同情的了解。且溪遭竊，他寧願這偷兒是個積習難改的慣竊，不希望真如警方推測的是鎮裡的青少年，因為期待新一代受到良好教養的可能。劍橋遇劫，鹿橋細細為那「吹、打、彈、唱都能來一手的浪子燕青型的人物」設想了一些可能，語氣裡充滿憐惜。

鹿橋有著惜物的農家情操。他在劍橋住女兒昭婷小公寓式的工作室，「書架不是撿的破舊的，就是自己用木板架的。」鹿橋「心喜」，孩子們是如此教養大的，密蘇里州聖鹿邑家中也是這樣簡單。他在「圓餅小店」吃早餐，不肯浪費物資，一向要求「不用給我軟炸土豆塊。」他回憶少年時徒步旅行，買個「高妝饅頭」，放久了已長滿綠色的霉。年輕的鹿橋竟以一種宗教的體驗，把發霉的饅頭烤焦了吃掉。在劍橋的魚市場，看到連著好多魚肉的鱈魚頭，想買，太賤價了，老闆乾脆餽送，他收下，謝了他。回家以後「魚頭二吃」，美味又營養，「煮得白淨的魚頭可以研究，可以賞玩。」孩子們高興，也想推廣讓別的同學吃魚頭。

這些觀點，不也是一種環保意識？

四、朋而不黨

《市廛居》中〈《未央歌》裡的大宴：少年李達海〉一文署名「野老鹿橋」，提及：「束髮受教為君子儒／朋而不黨更不吞聲哭」，揭示了鹿橋行身處世的準則。「君子儒」正是一個指標；「朋而不黨」顯現西南聯大崇尚獨立自主自由的校風；雖是「野老」，不像杜甫，「更不吞聲哭」，恰如《未央歌》一群人物，勇敢面對現實，忘了愁苦。鹿橋一生不沾政治，既能婉拒總統召見，對兩岸政治界的同學朋友，為了實際工作需要而加入政黨，他也能理解。可是對於兩岸同樣的一些政治禁忌和箝制，他就大不以為然。怕的是，人們因為「黨」，彼此就有了疏離、阻隔，甚至互相排拒、仇視。「朋而不黨」，他覺得未來有無限「可能」。他讚揚捷克劇作家哈維爾的胸襟。曾是俄共的階下囚，一九九〇年二月以捷克總理的身分到華盛頓向美國國會致辭。哈維爾呼籲，請美國救濟他的敵人——蘇聯。鹿橋分析：哈維爾並不是要救蘇聯這霸主，而是看出霸權崩潰後的危機。美、蘇的長期較量，使蘇聯喘不過氣，美國也難以為繼了；如今美國再不伸出援手，將來要收拾殘局，花費可能更大。同樣在密蘇里州西敏大學，一九四六年，退職在野的前英國首相邱吉爾發表有名的「鐵幕」演說；經過四十五年的冷戰，從俄國政壇退休的戈巴契夫來此發表冷戰結束的演說，呼籲人類要共同追求世界和平。

《未央歌》裡的幻蓮師父有句警語，是：「莫忘自家腳根下大事。」積極樂觀，仍是面對現實。鹿橋憑著美術、建築的專業審美觀念，對北京天安門廣場有意見。「那人民英雄紀念碑『就像是一柄匕首，直插入這條活生生的、龍也似的建築空間的心臟。』」「那原來尊貴的建築空間，代表中國以人為中心的哲理」，整個被破壞掉了。他的構想是把北京還原為文化區，讓政治首都移走，保留下來古蹟、歷史、文化，鹿橋確實別具眼光。他的省思是超然的、全面的、有深遠顧慮的。他的《未央歌》，幾度有多家大陸出版社洽談出版事宜，他堅持除非用正體字排版，否則不能印行。他的「朋而不黨」可能很溫和，也可能很固執，這就是鹿橋。

——《文訊》第二六一期，二〇〇七年七月

細密見真「張」

——莊信正的《張愛玲來信箋註》

莊信正和張愛玲書信來往三十年，是張愛玲少數信任的人之一。張愛玲逝世後，莊夫人楊榮華應《中央日報・副刊》主編梅新的稿約撰寫了〈在張愛玲沒有書櫃的客廳裡〉一文，記載一九七四年六月二十七日夫妻倆在張的寓所與張愛玲徹夜長談的寶貴經驗。張愛玲晚年虧得林式同照應，正是由於莊信正的重託。莊信正保留了三十年的資料，《張愛玲來信箋註》細密地備述書信往來的因果，交代相關的人事，平和客觀地陳述事實，這本書堪稱《張愛玲別裁》，為讀者勾勒了張愛玲後半生最真實的形象。

自六〇年代後期起，因為夏志清的推介，張愛玲的作品在臺灣備受關注，閱讀人口眾多，張迷不可計數，記者千方百計挖掘她的新聞；可是在美國的她卻得為稻粱謀，申請「獨立研究獎助金」，展開她《海上花列傳》英譯的工作。曾在柏克萊的中國研究中心工作，一九七二年結束，莊信正協助她安頓生活，收集資料，《文星》上胡適的文章可能「正好用作參考。」她苦於不能完全隨自己的興趣寫些「類似筆記」的文章。此後莊信正估量她喜歡的書籍報刊，或有與她身世及著作、研究相關的報導，不時給她寄去。她在洛杉磯好萊塢住了十一年；為了躲避記者，還有跳蚤、蟑螂的威脅，最後的十二年她不斷遷徙，身體狀況又走下坡，常年病痛，嘗盡苦頭。

莊信正在書中隨機介紹張愛玲相關的著作或翻譯出版狀況：〈金鎖記〉不僅以中文改寫為長篇《怨女》；她早年就立意以英文著書揚名，〈金鎖記〉也以英文改寫為長篇 *Pink Tear*（粉淚）及 *The Rouge of the North*（北地胭脂）。韓邦慶以上海方言寫成的晚清小說《海上花列傳》，她不但譯成國語版，也譯成英文。她的三恨之三是「《紅樓夢》未完」，繼續《紅樓夢》的研究，《紅樓夢魘》是總成績。莊信正的〈桃花扇——重讀張愛玲〉遷延一年刊出，正好為她的《惘然記》做了宣傳；書中收有〈色・戒〉等六篇短篇，附錄電影腳本《情場如戰場》。三年後出版散文集《餘韻》。她喜歡自己翻譯小說，〈等〉、〈桂花蒸・阿小悲秋〉改寫的幅度很大。她也曾英譯陳紀瀅的《荻村傳》、索忍尼辛的成名作《伊凡生命中的一天》，並為「美國之音」改編為廣播劇。她的小說改編為電影的有《傾城之戀》、《怨女》、《紅玫瑰與白玫瑰》。她去世後，又有《半生緣》及《色・戒》。二〇〇七年《色・戒》因李安導演而出英譯本，附加英譯電影腳本、插圖及拍製經過。她的作品英譯和法譯，在文學界一直沒有間斷。

唐文標努力收集她的舊作，未經作者同意，就出版了《張愛玲雜碎》、《張愛玲卷》，後來還編了《張愛玲資料大全集》。盜版盜印公然圖利，莊信正盡力勸阻無效，張愛玲憤憤難平。她曾抱怨皇冠雜誌社再版《張愛玲短篇小說集》，在序中刪了一段文字，後來又想起是自己做的刪節，急急向莊信正致歉，由此可見她認真而又迷糊、自擺烏龍的率性之處。白先勇的晨鐘出版社曾請莊信正代向張愛玲洽談出版作家集；《中國時報．人間》主編高信疆多次透過莊信正約稿、提醒，張愛玲寫過〈談看書〉、〈談看書後記〉兩篇長文，後來收入《張看》。《聯合報．副刊》也試著邀稿，兩報競相搜求張愛玲的舊作重新發表。其後丘彥明主編《聯合文學》，積極催稿則直讓張愛玲覺得有些神經質。

莊信正說：「張愛玲一生幾乎全靠賣文為生，從來沒有富裕過。」晚年費心在如何保住有限的存款不致貶值，或者消失。她一再搬家，要堅壁清野，杜絕跳蚤，隨手丟棄不少物品，最後住所沒有家具（不僅是沒有書櫃），坐臥都在地毯上，竟連桌椅、床鋪都省去，只用充氣床墊。她長期被失眠困擾，安眠藥多吃怕有副作用，就戒，「每天花在睡不著的時間太多」。晝夜顛倒，「晚上打字怕鄰居嫌吵，進行慢得急人。」她的身體不好，經常感冒，多時不癒，體虛怕冷；後來還有耳疾、牙病、頭疼、眼病（白內障）、腿腳腫、濕疹性皮膚病、體質疏鬆、心臟病。然而她一直買不起保險。林式同嘗試為她申請社會福利津貼，她可能出於尊嚴，覺得「似乎不值得擔上個受政府救濟之名。」

莊信正說：張愛玲其實很有人情味，洛杉磯大地震，她閱報得悉中國人都平安，這才放心。她很體貼，常常信中交代哪些書刊能借到或者已擁有，不妨轉送他人；也常提可能忙碌的狀況，叮嚀不必麻煩寫信。她可能家傳一些善本珍貴書籍，有時也用來酬答人情，譬如：陳世驤就收過她致贈的《歇浦潮》，莊信正收過她寄贈的《夢影錄彈詞》。張愛玲「不想沒事驚動別人」，她看來不近人情，自有她的處世哲學。也許是童年生活的陰影，她怕見客，怕大家庭，總想避世。住洛杉磯好萊塢時，「因為這裡太是交通要道，最後只好下定決心過往的人一概不見。」於是曾做過她採訪的殷允芃過境，她急急阻攔不見；一九六一年到臺灣收集張學良的資料不成，見過《現代文學》幾位小作家，曾到過王禎和宜蘭家，王禎和來洛杉磯見到莊信正，張愛玲的電話卻一直沒人接。張愛玲相當敏銳，她批評王禎和一九八四年的《玫瑰玫瑰我愛你》過於任性，「壞到極點」；也訝異陳若曦當年陪她去為王禎和母親購買禮物，三輪車上竟大膽批評陳儀與二二八事件。她不接電話，必要時一通電話卻可以談上四、五十分鐘；她收信也未必立即開拆，尤其最後時常搬家，不知丟失多少信件。她為躲開記者不惜搬家，為甩脫跳蚤也搬家，看她的形容，讓人疑惑她住的是髒亂的難民營或貧民窟，我跟林式同一樣，想起她〈天才夢〉的名句：「生命是一襲華美的袍，爬滿了蚤子。」多年來我懷疑「蚤」字有誤，晚年的她倒給了肯定的詮釋。不過也讓人疑慮她是否過度敏感，抑或她的皮膚病使她反應過度？

林式同最後十二年照應、協助張愛玲，被她指定為遺囑的執行人，莊信正也為他作了「箋註」。關於他的為人、他的情愛、他如何竟然也走完了人生之旅，還訂正了他那篇〈有緣得識張愛玲〉中的幾個小錯誤。莊信正欣賞張愛玲的文才，也讚揚她的繪畫才華，並和端木蕻良相較，期許她是續完《紅樓夢》的最佳不二人選。這本書圍繞著一代文學奇葩，事實上傳錄了大半世紀的文壇剪影。

——《文訊》第二七四期，二〇〇八年八月

白先勇的《樹猶如此》
——心中事・藝文緣

覽讀《樹猶如此》，也許由於其中不少是白先勇演講、訪談、對談的記錄稿，真的感覺白先勇似乎就如當面親見。他的心中事，他對文學、文化、藝術的熱忱與隨處展現的藝文因緣，可以看作現代文學史外一章，讀者不宜輕易放過。

白先勇以小說名聞海內外，他的小說成就已有公論定評；而他的散文也別有風味，這幾年寫得更勤，聯合文學今年二月為他結集出版，取其中一篇懷人的抒情美文〈樹猶如此〉做書名。這本散文集，比起以往的《驀然回首》、《明星咖啡館》顯然繁富得多。當年他在《臺北人》小說集的扉頁上，刊印：「紀念／先父母以及他們那個憂患重重的時代」，他幾乎是以父母一輩那代人做為小說描繪的對象，也用這本書紀念父母親。而《樹猶如此》散文集，扉頁上也刊印：「紀念亡友王國祥君」，王君之於作者，地位與父母不相上下。白先勇在王君撒手人寰七年之後，才沉澱了深邃的情感，寫成那篇委婉綿密、蘊藉耐玩的美文。它被選入當年年度散文選，也被天下雜誌選編入《天下散文選》中，名至而實歸。

白先勇熱情，既是對人，也是對事。他的志業除了寫作，《現代文學》的刊行和晨鐘出版社的出書也是重要事項。他不但與同學好友埋首創作，以文會友，由於《現代文學》的因緣，他在現代文壇，幾乎重要的作家都熟識，而且大都相知相惜。《現代文學》編印，幾歷挫折，耗錢花工夫，他自己形容：「九死無悔」；晨鐘出版社出版了一百多本文學書籍，跟一些出版人及作家，包括隱地也建立了深厚的友誼。集中的懷人文章與書評，都與《現代文學》或晨鐘相關。悼念姚一葦，突顯他的文學批評功力，也感懷他接編《現代文學》的盛情，以及發掘文壇新秀的慧識。白先勇寫書評，先論人，再細論文；看他如數家珍，告訴你：某某人的某篇文章，發表在《現代文學》哪一期，你不必訝異。書評多為現代小說或散文，他也推介夏志清先生的《中國古典小說》，展現個人對古典文學的心得。值得留意的是集中三篇有關畫家與畫的文章，一篇對顧福生的人與畫作素描，另兩篇則是篇幅短小的精緻小品，純描摹的，借喻烘托、千錘百鍊的筆法，可以歸入詩化散文的一類。

白先勇怎麼成長？怎麼邁向創作之途而有所成就的？哪些小說寫作時有些什麼特殊的因緣？書中有幾篇回憶或訪談，常常可見堪做補足的資料。好幾篇不同性質的訪談，各有所重，對自己作品翻譯，他也非常重視。撇開個人的文學創作，近年來白先勇把個人對文學、文化、藝術的熱忱推廣成為知識階層的活動。譬如：他大力吹捧大陸崑劇團，促成來臺演出，結果盛況空前，崑曲的精緻藝術在臺灣復興，使文藝界對文化的傳承充滿希望。他推薦余秋雨的《文化苦旅》在臺出版，余秋雨的散文在臺灣中、大學變成國文課外閱讀必習的教材。白先勇受訪，也訪問人，《樹猶如此》集中收錄一篇他對余秋雨的訪談，不僅論及散文，還討論余秋雨的戲劇、美學理論，白先勇訪談，確實下了功夫。

白先勇也用心在宣導愛滋的防治，對這世紀末的大挑戰，他反覆舉證，不厭其詳敘述本末因由，簡直就在做專題報告了。他列舉無辜受害的病例，說明愛滋絕不是只有同性戀者才會感染，當然也絕不是「天譴」。書中收錄他參與的「醫學治療VS人文關懷」的座談記錄，希望人們對愛滋有更切實的認識。在〈書寫愛滋，關懷愛滋〉中，他和黃春明、李昂、朱天文等作家，分別從不同的關切點去關懷愛滋，原因無他，只希望臺灣及早鑒察美國災變的前車之鑒，及早防治，減少傷害，白先勇是一片菩薩心腸。這類文章篇幅不及前幾項，但專列一輯，足見白先勇對這個論題的重視。

——《中央日報・副刊》，二〇〇二年五月十四日

卻顧所來徑
——回首文學人美好的七〇年代

爾雅即將跨進四十一周年，隱地又出新書了，不僅是出版社出書，他自己也有新書。令人嘆息的是：禁不住時光流轉，外在出版環境劇變，他同時也宣布，此後爾雅每年出書，可能會從二十本調整為十本。守成的心願，不全是老邁的身姿，但此中究竟透露了多少文學界、出版圈長年來的苦辛？

《回到七〇年代》，隱地回顧自己從作家、編輯、出版人層遞、交錯，一支筆寫寫改改，編織著文學夢，為自己，也為文友，播種著一棵棵文學樹。自己多角色的扮演，一路行來，尋夢、圓夢的過程中，不無激情感慨，也閱盡人情冷暖。眼看著書店街淡去，臺灣實體書店逐年以驚人的速度銳減，作家一百本書的版稅再也買不到一棟房子，幸運一些的，書肆中也許露了臉，或者有夸飾宣傳，往往也難逃一日英雄的悲涼。短短四、五十年，曾經締造輝煌佳績的出版界落得如此不堪，讀者可願意了解，書店一條街的榮景究竟如何？且跟著隱地穿行七〇年代，我們知道，它曾是翻轉的、逆轉的年代，也是文學人美好的年代。

輯一刊出《書評書目》相關的三篇文章，原刊於《書評書目》第一期創刊號，及隱地告別《書評書目》的第四十九期，正是隱地文學志業的發軔與關鍵期。在編輯《書評書目》之前，他已編過《青溪雜誌》和《新文藝》；但《書評書目》不同。《書評書目》之重要，因為是國內第一本書評雜誌；它從無到有，除了簡靜惠、洪敏隆伉儷能說服家族長輩投注資金大力支持，隱地提供了理念、構思、計劃，大批文人學者的撰稿邀約，校對、廣告、發行都是又瑣細又繁重的工作。雖然他僅在四十四至四十九期掛了總編輯之名，也曾有其他編輯協理庶務，一些文友義務相幫，《書評書目》創刊和發展，他確實有不可磨滅的貢獻。而對於他來說，百期的《書評書目》他編了將近一半，他其實也獲益良多。年輕的他精力充沛，熱情地憧憬著許多文學大夢。在編輯《書評書目》的五年期間，有一年，每天晚上他還幫林海音編輯《純文學月刊》；一九七五年七月二十日，他成立了爾雅出版社，得到文友的支持，爾雅叢書首批就有五種六冊出版。他藉著《書評書目》的編輯，歷練文學花園的十八般技藝，廣結人脈，藉此實現了自己的理想，也為此後出版社的文學出版奠定了堅實的基礎。

彭歌在六〇年代後半期，曾藉專欄文字努力推介：建立圖書目錄與評鑑之必要，這些呼籲，點點滴滴，在學術界、文學界逐漸產生了共鳴，隱地推出《書評書目》，正可見他果真是個有心人。正因為他親手把《書評書目》推向學術界、文學界，就考量到刊用專業的論說文章之外，必須要做到普及而又活潑。〈《書評書目》回顧〉一文，他簡介第一期至四十九期的精采文章，說明對於詩、散文、小說，某文如何開端，其後又有一系列的論文；或者某文刊出，如何引起後來某文的書評或論辯。陳芳明、羅青、葉維廉開展了新詩評論，歐陽子撰寫系列的《臺北人》論評，王文興的《家變》創意突出，曾有專輯由多位成名作家綜會討論。小說家蕭毅虹談論瓊瑤的小說，使得雜誌一版再版；作家王鼎鈞、喻麗清撰寫「讀書的故事」，姜貴〈護國寺的燕子〉則是動人的「寫書的故事」。中外新書有專人介紹，吳相湘撰「信義書房漫話」，喬志高寫「美語新詮」，林以亮的評論〈試評《紅樓夢》新英譯〉結合中西，連載八期。亮軒既寫散文，也作評述；思果的散文、商禽的新詩，林佩芬、胡錦媛有所討論。景翔評介《譯叢》，也介紹舊金山的書店；覃雲生長期做著中外書刊雜誌的資料整理；年輕的夏祖麗出版了《年輕》散文集，接受論評，也展開了《作家的書房》一系列訪問稿的撰寫。隱地為出書做長遠的思考，已請得呂秀蓮撰寫文章，解說著作權與出版權的問題。原來隱地精心規劃、經手的文稿詳細閱讀，深知文章的方方面面，也理解文壇論爭的來龍去脈，《書評書目》帶動了客觀書評、主觀閱賞的文風。

輯二至輯四，可以說是七〇年代文學大事紀實，有點像斷代記事寫人，可以當做濃縮版的文學斷代史來看。隱地的《遺忘與備忘》就曾做過文學記事，《朋友都還在嗎》又補充許多人物傳記，本書中段的這些文字，則是有關七〇年代特殊記事寫人的詳版。隱地善做生動耀眼的命題，足以引發讀者的閱讀興味，有些內文峰巒迭起，而又貫串一氣；有些則是多項報導中相較突出的題目，但由於採取繫年的記事方式，閱讀上自然會前後比照，倒也不覺扞格怪異。文學環境錯綜複雜，文學大樹盤根錯結，枝節纏繞，如何敘說，方才能條理分明，還能兼顧清楚地交代本末因由？確實大不易為。不過，〈一九七七，文壇戰火瀰漫〉一文，作者的寫作策略，似乎有意跳脫大家爛熟的鄉土文學論戰，而專意突顯兩位西洋文學研究者——夏志清與顏元叔的激烈筆戰，可惜文中只點出《夏志清的人文世界》一書有詳細記載，讀來仍有語焉不詳之感。好學的讀者，可能要藉此線索，再自行探討了。

本書的第三部分輯外輯，大抵是隱地最近的書評，卻不時難以掩抑撫今思昔的感慨。從「啟示」到「體會」，隱地揭露了存放心中多年的一個有待圓成的文學夢，一個相信很快就會完成的理想。《順成之路》如此這般完成，做得挺完美，他也可以嘗試採行口述傳記的方式為大哥柯青新的傳奇人生出版傳記。他曾經一而再，再而三，談及人生的轉捩點：四十年前，大哥提供一大筆資金，可以購買一棟房子的巨款，堅持要求他去歐洲開闊視野，做為寫作人的培成必修課程。大哥的遠見慧識，影響年輕的隱地此後的人生既大而遠，綿延至今。他在《2012隱地》七月九日的日記小標目就是：「為青新哥寫傳」。也許，這次他尋找到著手的妙訣了。這計劃值得期待：也許爾雅出版社此後除了詩、散文、小說，也會有多本的口述傳記；也許隱地終究忍不住還要多出版幾本好書。

——《回到70年代——七〇年代的文藝風》序。爾雅出版社，二〇一六年七月

——《中國語文》七一六期，二〇一七年二月

副刊史上的標竿

——憶念孫如陵先生

那年（二〇〇八）十月十七日，新聞、藝文界才為孫如陵先生的《副刊論》舉行座談會，高齡九十三歲的孫如陵（一九一五－二〇〇九）先生維持多年來的清朗矍鑠，說話幽默簡潔，神采奕奕。自民國四十年撰寫〈談副刊編輯〉起，孫先生已陸續寫過不少與副刊有關的文章，多年來編輯同行期待著孫先生能彙整出《副刊論》。真不敢置信，在中國文藝協會大家熱烈發言討論的盛景歷歷在目，那位眾人尊敬的儒雅長者竟然已飄然遠逝。

孫如陵先生從民國五十年至六十七年擔任《中央副刊》主編。他新聞系出身，在《中央日報》歷練多年，也寫過專欄，那時由資料室調來，一編就是十七年。《中央日報》在孫如陵擔任副刊主編的階段開始茁壯，《中央副刊》漸漸成了副刊中的翹楚。《副刊論》記下他的許多經歷和見解，在我國報業的副刊史上，他造就劃時代性的成績，成了副刊史上的標竿。

在他手裡《中央副刊》的版面由十六批改為十批，他也出版《中副選集》、剪貼簿，一方面暢銷長銷，一方面帶動讀報的風氣。雖然當時大致是被動地依賴作者投稿，因稿制宜，其中的權衡、拿捏、應變其實大有學問。孫先生編《中副》，版面疏朗美觀，注重疏密有致、長短合度、橫直得宜，陳之藩就愛上這種版型而投稿。《中央副刊》內容講求雜、俗、趣、新，大開門戶，稿源暢旺。黃文範說孫先生編《中央副刊》有三快：用稿快、退稿快、稿費快。退稿約佔十分之九，他一邊退稿，一邊卻給作者附上鼓勵的信件。稿費從優，楊念慈的《黑牛與白蛇》連載，稿費是月薪的兩倍。當年改稿是大事，蔡文甫說他巧妙地把徐鍾珮〈中正橋上看落日〉改為〈川端橋上看落日〉，避去敏感的政治禁忌。他嚴謹的選稿、用稿，「不迷信高人，不輕視新人，不縱容熟人」，文壇許多作家由《中央副刊》嶄露頭角，人人皆以能在《中副》博得一角版面為榮。因著《中央副刊》廣闢稿源，就稿論稿，備受歡迎的好文章有如展覽競賽，〈一個小市民的心聲〉、〈南海血書〉、〈病榻心聲〉都曾哄動一時。而孫先生提攜後進更是難得的熱忱。水晶〈沒有臉的人〉發表，前衛的風格打破一般以為《中央副刊》作風保守的刻板印象，每逢人讚美，孫先生都謙稱稿子是王理璜女士選出的。事實上孫先生愛才惜才，主動約見作者，水晶出國時他還去機場送機。他推廣剪貼簿，也顯現創意和熱情。他閱報得悉高雄市十全國小推動剪貼簿成績斐然，受到教育廳的獎勵，就利用跟文藝界訪問高雄之便，別人去參觀佛光山，他去十全國小做實地的了解；校長介紹梁明泉老師是十全國小剪貼簿的發起人，孫先生轉身就把參加座談會得來的手提包轉贈給那位梁老師，要讓他剪報存放。

孫先生撰寫方塊專欄多年，要言不繁，幽默諷刺；有時應急，也能機變支援各專欄之需。他提出方塊有「哲理、人情、文采、時宜」四要素，確實是行家的要訣。

孫先生的《副刊論》試圖探究副刊的起源，比前《新生報》主編楊濟賢推斷的民前二年還更早，認為嘉慶十二年（一八一五年）創刊於馬六甲的《察世俗每月統記簿》（或譯為《民風月刊》）已有副刊文字，而真正創用「副刊」名稱的則是民國十年孫伏園編的《晨報副刊》（刊眉隸書橫排作「晨報副鐫」）。《副刊論》附錄民國十三年孫伏園編《京報副刊》發表的〈理想中的日報副張〉，在〈徐志摩的半篇文章〉中又轉錄了徐志摩編《晨報副鐫》的理念〈我為什麼辦，我想怎麼辦〉（「副張」、「副鐫」是當年並用的名稱）。孫伏園和徐志摩兩人都把相當比例的稿件寄望於相識或聞名的朋友、名家；可見約稿早就是副刊主編不約而同的定見。孫先生接編《中央副刊》不久，曾到廈門街余光中的寓所請益兼約稿，要求推薦小說的後起之秀，於是有了朱西甯那篇

〈狼〉用稿曲折的文壇趣事。孫先生說不定不僅僅是向余光中一人約稿吧？有趣的是〈狼〉來了，他細心看稿，從疑慮到肯定，再而是創發性地選用狼的照片鋅版刊頭、採用整個版面來發排一篇小說，後來又編入《中副選集》做為壓軸跟著暢銷，因而吸引魏子雲、蔡丹冶等人廣泛的討論。這篇〈狼〉使朱西甯一朝成名，奠定重要小說家的地位，至今許多學者也公認是朱西甯重要代表作品之一。

我們千萬別認為《中央副刊》中規中矩，故步自封，其實孫先生很有創意，他在南京時寫過〈報紙版面革命論〉就建議報紙全面橫排；在《中華副刊》寫《筆陣》專欄還曾大放厥詞。孫先生也嘗試企畫編輯。他因應《成功者的座右銘》譯稿開天窗而發動《我的座右銘》徵文成功，進而出書暢銷，足見他的眼光遠大，能掌握讀者的興味，又兼顧副刊提昇品質的教化功能，結果報社名利雙收。起初擔心一般作者經驗不足或水準不夠，孫先生採約稿方式，邀請幾位文筆熟練的寫手開場示範。據他列出名來的，社內如胡有瑞小姐、蔡文怡小姐，社外的如蔣芸小姐及一些文友，煩勞他們去訪問知名人士，撰稿開場，這其實是有目標的訪談，是約稿，也是企畫編輯。

民國七十六年二月至八十六年九月梅新接編《中央副刊》，大手筆的版面調整及有系統的企畫編輯曾獲得四次金鼎獎的肯定，再度創下另一番佳績；即使對文學充滿熱愛，堅守文學本位，仍不能不讓副刊「雜誌化」。孫先生也曾倡言：「副刊是綜合性的活頁雜誌」。回顧前人的路徑，孫如陵先生早已在副刊史上樹立一座標竿，在他的時代他締造了劃時代的創造性成就。

——《文訊》第三六三期，二〇一六年一月

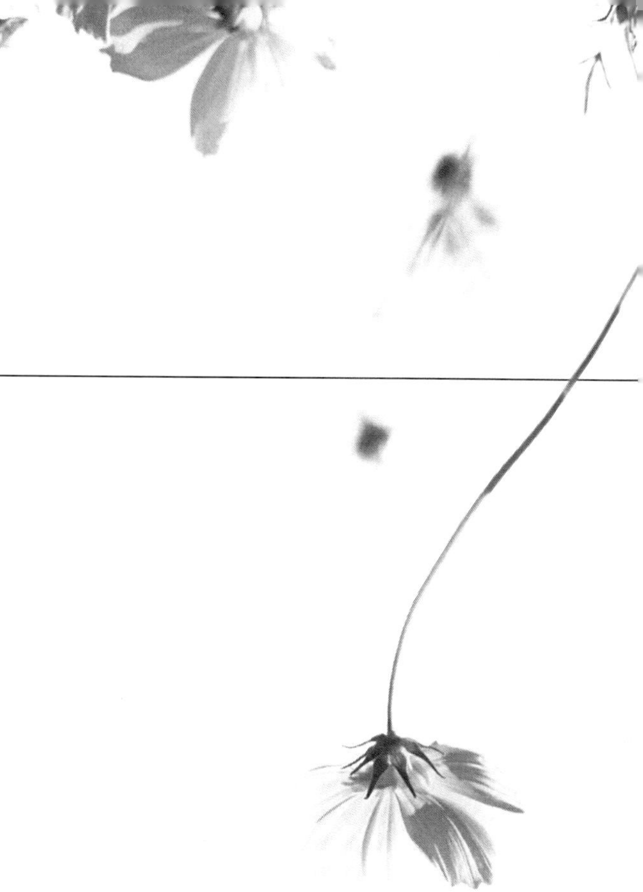

輯參

逯耀東的《似是閒雲》
——散淡不得，聊且書懷

史學家兼具文學多面才華的逯耀東教授，學養深厚，人生閱歷豐富，他的散文治文史於一爐，富涵人生哲理，而文筆曉暢，舒卷自如。《似是閒雲》這本散文集，是他撰寫《聯合副刊》、《中時・人間副刊》專欄的彙編，全書充滿一位知識分子對古今歷史、世事、人情的關懷與感喟，他復刻描摹了許多人品崇高可敬的知識分子。

一、百劫滄桑，不廢舊業

〈往事與沉思〉關懷對岸同行史學家的際遇，談及上世紀九〇年代三本史學家傳記：陸鍵東的《陳寅恪的最後二十年》（一九九六）出版即暢銷；世紀末又有北大歷史系周一良教授的自傳《畢竟是書生》（一九九八）、東方語文學系季羨林教授的回憶錄《牛棚雜憶》（一九九八），在大陸幾個大城市成為暢銷書。周一良是魏晉南北朝史權威學者，季羨林是東方語文與歷史在中國的奠基者，周、季二位都是陳寅恪的學生。

中國大陸陸續出版一系列中國當代史學家的傳記，叢書定名為《往事與沉思》。逯耀東認為：「中國史學和政治有千縷萬絮的牽連。」司馬遷「欲以通古今之變」，所關注的卻在今不在古，他所欲尋覓的是他那個時代許多變故的由來。文革十年，史學受到空前的摧殘。逯耀東「對大陸史學的關注與研究，一直堅持如何尋回歷史的獨立與尊嚴，以及史學工作者的獨立尊嚴。」

逯耀東擅長以豐富的具體史料，穿針引線，梳理史學人才離合際遇的關紐。胡適與楊聯陞往來書札《論學談詩二十年》在臺北聯經出版（一九九八），其中有周一良與胡適、楊聯陞、陳寅恪的相關材料。胡適卸任美國大使之後，移居紐約。美日開戰後，哈佛大學也開有訓練官兵中日語文的特訓班，趙元任、胡適及楊聯陞、周一良都曾參與。胡適特別賞識楊、周二位年輕學者，預約將來北大復興，「都肯考慮到我們這個『窮而樂』的大學去教書。」最終卻是一去一留，後半生際遇天差地遠。

逯耀東又分篇細說周一良、季羨林的學術造詣，並及文革苦難。四人幫倒臺，北大、清華兩校的成員，被指為現行的反革命，兩年間有人「監改」，校外工人師傅只管控行動，不管他看什麼書。於是周先生從頭讀起《二十四史》，讀到《三國志》以下，重拾舊歡，倖存者「枯木逢春」，便在一九八二年出版了《魏晉南北朝史札記》。季先生的《牛棚雜憶》，比楊絳的《五七幹校》、巴金的《隨想錄》還要深入細膩。文人肉體摧殘，過度勞動，窩窩頭就鹹菜吃不飽。「關進牛棚裡的人，走路是不許抬頭的。」他利用低頭走路的條件，偶爾能撿到銅子兒；也發現「在『黑幫大院』的廁所裡，掉在地上的銅子兒最多。」他願做別人不做的工作，為的是撿幾個輔幣，買點鹹菜就窩窩頭吃。「完全解放」後，他「被分配到他創辦的東語學系當門房」，眼瞅著進進出出的人，「不准亂說亂動」。他決定「偷偷譯蜚聲國際世界文壇的印度兩大史詩之一的《羅摩衍那》，這部史詩約兩萬頌，每頌譯為四行，共八萬多行。」有人說這部史詩可能影響到我國《西遊記》中孫悟空的造型。他先在晚上譯成散文，白天再利用空檔「推敲改成韻體」。他的「枯木逢春」，回歸學術本位，比周一良還更艱辛，但其樂何如？一九九一年夏天，逯耀東去京北草原過北京拜謁季先生，從資料、書堆中浮出的是蕭蕭白髮、一張潤紅微笑的臉。八十歲的老學者快樂了。然而他有掛慮：他唯恐老輩人對十年文革失憶，寒蟬噤聲，而年輕人資訊封鎖，茫然無知。便一邊撰寫《牛棚雜憶》，後來再三修改，正式出版已有適度隱諱，語調也趨近平和，偶爾仍不忘自嘲，不失風趣。唯有他學術、人品高超，眾望敬服，才有可能出版這部珍貴的史學家傳記。

周、季二人，同樣是堅持學術本位，危難中探尋到可乘之機，就熱忱投入，倍極艱辛，竟締造了不可能的成就。

一九九九年，季先生來臺灣開會，探訪的人太多，破壞他的作息，他累病了。此行他到胡適、傅斯年、梁實秋先生墓園拜謁，都是師友。憶起香港訪問那年，季先生談及繫留德國時，他已在哥廷根大學教書，正逢饑荒，「沒吃的就念書充飢」。「頭上有飛機轟炸，肚子裡沒有食品充飢，做夢就夢到祖國的花生米。」他和學生李鐵騎自行車到鄉間，幫老弱婦孺採收蘋果，以蘋果「壓餓」。園主送一袋馬鈴薯，可能五、六斤，他們胡亂煮了，全吃下肚。從此不知飢飽。陳寅恪到英國治眼，聯絡了，覆信要他回國。他假道瑞士，住了三個多月的醫院，治的就是不知飢飽的病。他倒能自我慰解，說：「這個練出的餓，到那三年的大饑荒，卻頂了用。」人家都熬不住餓，他卻覺得是很平常。逯耀東想問：「當時大家都在挨餓，季先生夢到花生米沒有？」

二、量才適性，轉益多師

從「走過舊時的蹊徑」輯中零散的篇目彙整，可以梳理出逯先生龐雜閱讀中，專精史學的學研過程，感受其熱誠投入、精進、創發的嚴謹。逯耀東讀臺大歷史系，大學期間，遵從魯實先先生的叮嚀，閱讀了《史記》、《漢書》。大學畢業論文撰寫〈北魏與西域的關係〉，受勞榦先生啟引，談「西域」，算是臺灣培植的第一代魏晉南北朝的歷史工作者之一。他再到香港讀新亞研究所，師從牟潤孫先生，報告〈試釋論漢匈間之甌脫〉，取丁謙對「甌脫」的引申義，擴大為「農業與草原民族的緩衝地」。雖有創見，卻與錢穆先生的考證意義相牴觸，幸賴鄭騫先生，以辛棄疾一句詞「甌脫縱橫」為他緩頰。他認為：「漢匈間的甌脫是兩國之間的緩衝地，長城之外農業與草原的過渡地帶。」「永嘉風暴後，五胡十六國在黃河流域建立統治政權，可說是農業文化在塞外互動發展的結果，非異族入侵中原。」去香港時，魯先生希望他能繼承王昶《金石萃編》之業，他曾研讀漢魏墓誌碑文，了解其間的姻婭關係，也發現孝文帝「利用政治力量，斬斷中原士族社會的婚姻關係的鎖鏈」，明令通婚，消除矛盾，鞏固政權。他後來撰寫成《從平城到洛陽——拓跋魏文化轉變的歷程》中的一系列論文。

他在新亞留任助理研究員五年，回臺大任教一年，考博士班，是唯一錄取的博士生。研究所設計許多課程，「似乎有意將我培養成一個中國史學史的專業人才。」論文由沈剛伯、李宗侗、姚從吾三位先生共同指導，而沈先生著力最多，他的「量才適性」指引，使逯耀東「得以不陷身塵網，而自致於紛紜之外。」他往日本搜集資料，由裴松之研究轉向魏晉史學的探討。發現「裴松之自注出於司馬遷的『太史公曰』。……司馬光的《通鑑考異》則受裴氏自注的影響。」他整裝往新亞去撰寫論文，熟悉所藏圖書，並有牟潤孫、嚴耕望史學大家得以請益。他完成博士論文：〈魏晉史學的特色——以雜傳為範圍所作的分析〉。六年後再去香港接替牟、嚴二位先生留下的部分課程，想將論文進行徹底改寫。個人「對兩漢至隋唐間，史學脫離經學而獨立的過程，得一個較接近的解釋。」他總結出版了：《糊塗齋史學論稿》、《糊塗齋文稿》，由三民、東大圖書公司出版。這本《似是閒雲》即《糊塗齋文稿》四，二〇〇〇年東大初版。

逯耀東說：「我學歷史卻無法避免生活在歷史之中，而受到自己生存時代的歷史感染。」那年乘船去香港，黎明時分，在甲板漫步，一位旅客手提收音機，突然音樂停止，插播甘迺迪被刺的消息。靠岸買份《時報週刊》，有一段報導說，瑞士街上一位老婦人，聽聞噩耗，竟當街嚎啕大哭，悲切地喊道：「這是個啥年頭喲！」（What an age we living）在瑞士這樣的世外桃源，這刺殺案件對老婦人是多大的衝擊震撼。對逯耀東也是。多年來一連串家事國事的變動，感觸更深沉。生長在離亂之中，幾度異鄉飄泊，又遭喪母失父之痛，「的確遭遇到幾次我們該痛哭流涕的歷史的激盪。」學歷史的人，常作回顧，「雖不盡滿意，但卻並不悲觀。……我們確當有淚，但我們的淚卻不輕彈。」一九七七年三月，他一次出了兩本書，《丈夫有淚不輕彈》，是用青眼觀世界；

《異鄉人手記》，是用白眼看自己。

他去香港教學研究，似有避世之意，但讀通了《史記‧伯夷叔齊列傳》，又讀《漢書》、《後漢書》的隱逸傳。考證過桃花源該在淮泗的邊荒地帶，想到亂世中的人，應有更多的桃花源可以居留，再悟到：其實中國知識分子，「除了承治統或道統之外，他們還是有第三條路可走的。那是他們胸中心裡隱藏著一個桃花源，自有青山白雲，又何必有山林呢。」我們理解：讀書人初時有志用世，仕途不順，可以退而講學，再其次不得已，可以學道家，胸中自有丘壑，青山白雲，任其遐遊。他關懷列車駛往的某處，「許多過去我想知道卻無法知道的信息」。凡身為知識分子，尤其學歷史的，責無旁貸。「似是閒雲」，既飄逸，又閒散。散淡的日子，雖然心嚮往之，但有這樣不能自已的關懷、關注，心不得「閒」，如何「散淡」？散淡不得，滿懷慨嘆，只有藉文學書寫抒發了。

逯耀東痛心幾年來連著痛失良師，沈剛伯、魯實先、唐君毅、徐復觀，他一一為他們寫文章悼念和哀思，自覺「很幸運在中國讀書人風格轉變的時代，親近了前輩的風範」，「他們處世做人，各有不同」，但「各有自己獨特的格調」，現代一般讀書人就很少見了。姚從吾先生說：「寫文章，像醃菜，越陳越好。」做學問，何嘗不也是越久越好？依憑經驗，他教學生，強調笨工夫要做，「當自為之」，「少年子弟」不至於「江湖老」，師生不見得「無酒無歌無夢想」，而是「有筆有書有肝膽，亦狂亦俠亦溫文」。

他曾在一九七四年接編《中華文化復興月刊》，籌備三個月，確定雜誌的未來趨向：「傳統與現代銜接；文化與社會結合」[1]，他為雜誌設計「文復論壇」、「拓墾者的畫像」、「西方學者論中國」等系列專欄，還專為文人作家開闢「燈下書簡」專欄，朱西甯、趙滋蕃最先響應，「他們分別對三十年代文學，和當前的科學發展表示了意見。」

三、復現高華人物，歷史不沉默

史學研究者逯耀東，集中筆力探索動亂時期士人的行止，以靈動的筆法傳摹高風亮節的歷史人物，往往格局高大，感人至深。

「歷史是沉默的」一輯，逯耀東談曹操，〈曹操的臉譜〉客觀分析他有善惡兩面，

---

[1] 見《拓墾者的畫像》導言，中華文化復興月刊社，民國六十六年（一九七七）九月初版。逯耀東《似是閒雲・燈下書簡》初時的標語是：「傳統和現代銜接；學術與社會結合」。

《三國演義》以後，大家集中在他的「奸雄」一面，忽略了他「能臣」的一面。曹操挾天子以令諸侯，「統一了北方分裂的局面，並實施屯田恢復混亂後的生產。同時曹氏父子的文采風流，促成建安文學的輝煌成就。」士人論事，脫不開歷史，他客觀公允，肯定曹操某些可貴的人格特質。他透析：「陳壽處於改朝換代的紊亂之中，既握史筆，又要顧及現實政治的忌諱，……《三國志》裡隱藏著許多隱略迂迴的筆法，待後人尋覓的。」

〈容人之量〉，描寫東晉的周顗，王導曾枕著他的膝蓋（躺胡床上），指著他的肚皮問：「這裡面裝著啥玩意？」他回答說：「此中空洞無物，然足容卿輩數百人。」南渡之後，周顗常狂飲，一喝就是一兩石，有時一醉就三天不醒，人稱他「三日僕射」。他寬和友愛，在江左頗負盛名，二弟周嵩不服氣，一次喝醉酒，瞪著眼瞋目對他說：「你明明才華不如我，卻偏偏橫得這麼大的虛名。」說著把燃著的蠟燭向他擲去。他沒動怒，還幽默地說：「老二冒火了，竟用火攻。」逸耀東轉筆，推究現代人可能生活在太擁擠的空間，因而心胸變得狹窄。妙的是，他列舉了老師沈剛伯講述過的一段「武俠」：一位少年俠士來到一處所在。街上人車來往，市面高樓華廈，男女俊秀，衣著富麗，彬彬有禮。只是此處一切都比別處小，只因居處狹小，擠來擠去，心胸擠得狹窄。

「人的心胸一窄，身子就跟著縮小了。」沈先生簡直在說寓言故事。但如此引述襯比，周顗的容人之量，更見其寬廣可貴。

周顗字伯仁，逯先生不談王導說過有名的話語：「我雖不殺伯仁，伯仁由我而死。」可能不喜文章枝蔓。周、王兩人交情深厚，他們枕膝聚談，新亭對泣。王敦舉兵造反時，皇帝身邊有議論：「盡除諸王」，王敦是王導的堂兄，王導帶著宗族子姪二十餘人，每天清晨都到宮門前請罪。遇見周顗正要入宮，對他說：「伯仁，以百口累卿。」周顗直入宮門，不理他。見了元帝，力言王導忠誠，皇帝聽納了。他喝醉出宮，王導一干人仍跪在宮門前，王導探問，他不應不睬。故意回頭對左右說：「今年大殺這些賊奴，建功領取斗大的金印，繫在手肘後。」回到家又上表懇切為王導申明忠誠、有貢獻。但他一直沒說，王導不免銜恨。後來王敦大權在握，捉了南北俊秀周顗和戴淵。王敦一向敬憚周顗，每見他，便緊張，臉紅耳熱（面熱）。周、戴盛名，他猶豫要不要授官，由高而低，兩次發問，王導不答；於是王敦說：「若不爾，正當誅爾。」王導還是不說話，周顗就真的被殺了。等到事平之後，王導重新掌政，瀏覽宮中奏摺，見到周顗營救自己的表章，不禁痛哭。魏晉名士，身處亂世，習於矜持，周顗做好事，卻不肯明說，以致賢如王導，還誤會了周顗。相對地，這不也正顯現周顗難得的容人雅量？

但細細推敲，周、王在宮門前的互動，周顗實在做作得有些過分。在王導百口人性命攸關的憂急緊迫時刻，周顗不能安慰，也許有政治考量，卻實在不近人情。我的老師許世瑛先生就批評說：「無論你是鬧著玩，拿眼看命要不保的人尋開心，總是不合乎恕道吧。」[2]許先生並且點出周顗的人格缺陷，他鯁直忠義，聰明敏銳，卻「好乘人之弊」。許先生的觀察全面而又深入。

〈返棹〉復現明末崇禎元年五月，黃宗羲為父雪冤，和閹黨餘孽許顯純對簿公堂。突然以錐刺許顯純，刺得滿體流血。終於沉冤得雪。他和同案諸弟子在獄門祭奠亡靈，哭聲震天，驚動天子，讚為：「忠義孤兒」。南明福王敗亡後，唐王於福州稱帝，魯王在紹興監國，黃宗羲隨魯王抗清，輾轉得知老師劉宗周決定絕粒殉國的消息。他徒步趕了兩百多里，翻山來到劉宗周避難的山村，「跪倒在地，緩緩向劉宗周訴說前線抗清的情形。」他強忍淚水，叩頭，走出門外，他還得趕回前線。後來轉進海上。雖然倔促，他與吳鍾巒「仍抵膝舟中，談家國事，論往聖學，在百無聊賴裡推演中西曆算。」兩人沉重，沉思，「明知其不可為而為之，……唯有盡人聽天了。」最傷心，不能不痛哭的

2《許世瑛先生論文集》第三冊，頁七八二，〈周顗與王敦〉。弘道文化事業有限公司，民國六十三年（一九七四）八月一日初版。

是，母親及親眷被挾持為人質，他不能不返鄉。吳鍾巒勸他稟明監國，先回去營救。他變更名姓，準備潛行歸家，兩位患難至交，無言相對，一程又一程地送了三十里，在茫茫大海中相別。「古往今來又能有幾多英雄，經得起浪花淘呢？」黃宗羲的〈思舊錄〉，將這段經歷記載了下來。

我特別喜歡〈江瀾——寫給九七〉，不曾明言感慨香港終歸大陸政體，而重心在感懷一百八十年前的歷史關捩事件，鴉片戰爭之後，描摹林則徐與魏源愛國、謀國的滿腔熱血。當時中英因鴉片糾紛衝突，林則徐只想「事定我欲歸田疇」。不料他這兩廣總督和閩浙總督鄧廷楨同被譴責「誤國病民，處理不當」，革職議處。大半年間，以待罪之身，紲繫羊城。朝廷和戰舉棋不定，他請求到浙江前線效命，只留防三十三天，就奉諭：「從重發往伊犁，效力贖罪」，鄧廷楨也被發配。當初，鄧廷楨卸任兩廣總督，交接印信給林則徐，即調任閩浙總督，兩人成為禁煙與並肩作戰的同志與戰友。他們通信，患難相依，「約定彼此在秦中相候，然後結伴出關。」

林則徐船泊京口，會見六年不見的老友魏源。兩人憶起這年春天急病過世的龔自珍。林則徐南下就任時，龔自珍有心隨行，後又殷切叮嚀。林則徐離京時，「曾信誓旦旦，鴉片一日不絕，本大人一日不返，誓與此事共終始！」何曾想到結果會這樣。林則徐可說是「中國士人中，和夷人打交道的第一人。」深自檢討，覺得對夷人了解不夠，彼此法理不同。要他們切結，以後再販鴉片，「船貨沒官，人即正法。」英領義律認為：貨已沒收，人不能正法。又遇夷兵打死村民事件，林則徐盛怒，將所有夷人趕下海，並切斷他們的糧水補給。對方求援，竟從東印度公司派船前來，仗就開打了。

林則徐任上，務實，有遠見。為多通夷情夷務，曾派人刺探夷情，翻譯夷文書報。這翻譯小組有位梁進德，其父梁發，是澳門馬禮遜學校在廣州傳教第一個領洗的人，也是第一個中國人牧師，後來創辦了嶺南大學。他們翻譯廣州英商在澳門辦的《廣州周報》，摘譯由夷人撰寫的討論中國事務的著作，輯成《華事夷言》，最重要的是，翻譯了英人莫瑞（Hugh Murry）的《世界地理大全》，定名為《四洲志》。林則徐取出《四洲志》，說：中國從此不太平了。「夷事不可不曉，夷技不可不師。」鄭重託付魏源，請他「以此書為藍本和搜羅的夷文圖錄，輯成一書，以備來者之需。」林則徐謀國之誠，思慮周密。魏源終不負故人重託，寫成那部曠世名著《海國圖志》，提出「師夷之長技以制夷」的應世國策。

林則徐含冤被遠配之際，毫無怨言，仍為國事憂心，奉獻在廣州搜集的夷情夷務材料，預測未來應變世局，必有參考效用。託付得人，魏源成書，於己於友於國，皆大有裨益。兩位亂世中的知交，繼志續業，千古感人肺腑。

逯耀東勤治魏晉南北朝史學，兼及其他相關歷史、文化；他對時事多所感慨。二戰後，日本老兵橫井庄一、小野田寬郎及臺灣山地同胞李光輝，都孤獨地在森林中躲避了三十年，才走回文明世界。〈二十世紀的森林之外〉一文，他深刻檢視日本軍國教育，釀造了中國、亞洲被戰爭蹂躪的歷史悲劇，推本究源，是日本明治維新時代吉田松蔭的「大陸政策」、「南進政策」，五十年後，日本貪婪的侵略口號：「大東亞共榮圈」，正是它的綜合體。他同時檢視日本「徵明國體」的軍國教育，橫井、小野都是「菊花與劍」的悲劇人物。

逯耀東古典詩詞隨手引述，也曾浸潤新文學，寫新詩、讀武俠、編雜誌，因此，他行文靈活變化，極有感染力。在他的文章中，常見融入現代詩人一些名句，套用在相當切合的情景中，或許，這也是一種婉約，或者說也是「隱略迂迴的筆法」，卻讓人讀來會心欣喜。

張曉風仙棒在手
——《霹過春山草自香》

張曉風仙棒在手，從書架上請來唐代詩人許渾，讓他探訪山居的崔處士，二人暢遊春山，他感知溫暖而微潤的涼風，聞到「不知怎麼形容的香氣」，經崔處士的點化之後，他體悟到這大片的春山，身上散發著香氣、難得一見的珍獸——霹曾經出沒過，不覺吟出一句：「霹過春山草自香」的好詩。讀者跟著一千一百年前許渾的漫遊導覽，也有了春山草香的絕美感知。張曉風這篇序文，兼作書名，封面、書背題寫的是臺靜農的墨寶，封面設計也呈顯許渾的詩境。她壓縮時空，編織意趣高雅的故事，正想提醒世人，大自然多麼美好，怎麼人們都不經意地忽略了呢？

張曉風的新作《霹過春山草自香》，有著強烈的文化、文學危機感，充滿環保、愛護生物的大愛。眼見社會大眾沉迷於紛亂的資訊，她分享自己許多精緻微妙的美感，或奇思異想的樂趣。她說故事，為了加強說服力，「言必有據」。對於古典的詮釋，常做融入情景的白話文增飾。這本書的撰寫，不僅是她散文寫作的熱情與才情，必須理解她做過鋪墊的深厚功夫，她調和了幽默，使瑣細的尋常事體煥發光采。她的鋪描往往一層層，輾轉又會翻騰出新的脈絡來，引人入勝。小標題大多新巧，卻能突顯特質。這本散文集深心經營，書寫、探問，可能出人意表，多少都留存了讓人沉思的論題。

張曉風談論〈楊絳與法塔〉，一文一武，無形、有形的「殉身」，人情練達，她有著靈動的視眼、深廣的同情。楊絳嵩壽才女，晚年說：她對錢鍾書最大的貢獻，就是保全了他的「天真」和「孩子氣」。我們無從得知，在大陸數十年詭譎多變的「千古非常社會」，這才女要如何為名士丈夫排除多少困阨？她只說：「文革之後，我再也不怕鬼了。」餘音裊裊，有很大的空間可以想像。相對的，九一一雙子星大樓恐怖事件的元凶賓拉登，當美國海豹隊攻入他的密窟時，他年輕貌美的第五位妻子挺身為他擋子彈。這位撼動自由世界、毀壞名城地標、造成七千多人傷亡的多妻惡魔，照樣有女人誠摯地愛他，願意成全他。

張曉風喜歡英國的火車，搭上「乘客一律不許發出聲音」的D車廂。擁有一段完整安靜的時間，她閱讀吳爾芙《自己的房間》，勾想起《坎特伯里故事》中的巴斯婦人，談及婦權；延展到《十日談》一個眾貴婦都同意的答案。再轉而以今日的視角審度，答案似又不對了。其間迂曲變化，節節精采。

她講述日本《桃太郎》和唐代《玄怪錄》中橘叟的故事。提到桃太郎「三分鐘亡鬼島」，二十世紀，桃太郎卻來打中國了。四位橘叟悠閒弈棋，吃著吃不完的飛龍形草根，終究草根變為大大的夭矯飛龍，載著他們飛走。橘叟多麼像我們中國人。她說：「總要過些比『小確幸』更多一點的日子吧？」她曾去成都演講，到附近的邛崍，正是《玄怪錄》橘叟的故事地點，看到「樹上待採的橘子真有嬰兒頭那麼大」。原來古人虛構的小說物件還真有實體的依據。

她檢討，中國人口頭禪：「沒事，沒事」，「沒事就好」，寧可不做事，多一事不如少一事。長輩訓戒子弟，不要「生事」、「鬧事」。問題是：「『無事』的人不會有成就，『無事』的小說不會精采，『無事』的社會無法進步。」我們但願「有事」可做。孫中山先生不是鼓勵大家「做大事」？她也留意到〈華人和民主之間，有點麻煩〉，古怪思維，公私混淆，是非不明，人情和法理衝突。社會中，難免有人具有「不好的人格特質」，確實是「麻煩」的事。

人的一生，有許多機緣巧合，「他人生病」，讓饒宗頤代課，及早踏穩學術之路；抗戰時，學院輾轉遷往雲南，延聘饒先生，饒先生「自己生病」，只好留在香港，就這樣為全民族留下一位穎悟深思、極肯用功的學者。那場病，或可說是他個人的幸事，也是整個華人世界的幸事。

張曉風從《論語》探討「趨」字，包含步伐、表情的肢體動作，關係到倫理、禮節、文化。由《明報月刊》約稿，她解「明」字，談到「垂直中國」、「道統中國」。她談及生僻的「欕」，出於《水經注》，有兩種意義、兩種讀音。內容涵概了白馬寺佛經，以及烹調的辛香料。考據詳細，還求證於閩南活存的語音。

她在陽臺女牆上搭架置盆，播種小柑橘樹，終於有了遮蔭，省卻一夏的冷氣。她的環保意識也顯現在她「收藏在案頭的」是「美麗廢物」；她買了「得獎的冠軍茶的茶枝」，十分驚喜，發現它「竟也有其樸實淳厚的雅正滋味」。她物盡其用，毛豆、毛豆莢竟可以三度利用，仍然覺得差堪品味。

人類果真是萬物之靈嗎？近年來全球暖化，災變連連，不僅人類，許多生物的生存環境也面臨極大的考驗。人類是否該學學道家，尊重其他生物的立場，勉強稱做「球民」就好？張曉風談及許多動植物，收納些考據資料，把個人的足跡、朋友的引介和感興融入，增添了臨場感。我們赫然發現：一六六三年，鄭成功逝世一年，鄭經接事忙亂之際，西班牙、荷蘭、日本的異國商人，在臺灣大肆捕殺美麗的梅花鹿，居然六月底到七月底一個月裡，便出口了七萬張鹿皮。後來梅花鹿幾乎絕跡，經過復育，繁殖下來幾千隻，基因品質卻遠不及原生的物種。談論羊，她轉述了一則新疆那拉提的高山草原野岩羊群絕處逢生的故事。雪崩奪路，面臨滅絕，老羊「急智慧思」、「視死如歸」，於是老幼二羊組，「半數的犧牲，換來了族群的衍續。」這種應變的智慧和高貴的行為，著實令人敬佩。張曉風珍愛動物的呼籲，盡在不言中。

——《聯合報・D3聯合副刊》，二〇二二年九月十二日

韓秀的新書《風景線上那一抹鮮亮的紅》

——無盡的美感與沉思

韓秀出生於美國紐約，在臺海兩岸居住過三十七年，現居美國。一九八三年開始華文文學寫作，以此為終身志業。讀書、寫作，常遊走書店、書展、博物館、畫廊。她寫小說、傳記、書評、論文，日日精勤，已出版四十餘種著作，著作大都在臺灣出版。

今年（二〇二一）年初，韓秀一口氣出版了三本新書。聯經出版公司這本《風景線上那一抹鮮亮的紅》散文集，致力於美文、美感經驗的書寫。韓秀確實在文字上下了工夫，淳美而精準；內文迂迴繁複，標題考究，意在突顯涵涉的某個動人的論點。集子分三輯，整體而觀，這些書寫和她的生活、藝術鑑賞、社會關懷密切相關，尤以熟悉的人、事、物描摹更見精采。

一、鍾情於藝術的映現

韓秀近年來專力於藝術家的撰寫，成績斐然。浸潤其中，寫作題材深受影響。在她的小說集《倘若時間樂意善待我》中，韓秀有著許多鍾情於藝術的映現；本書她頻繁參觀博物館，對藝術品熟稔，行文走筆，每見她談論往昔盤理過的物件，又引述出新穎的見解。觸類旁通，藝術和她的生活息息相關。看到卡拉瓦喬、林布蘭、拉斐爾、塞尚，一點不必驚異；她與塞尚對話，又是故技重施，是超越時空的魔幻寫實。當看到〈偶遇〉：她和夫婿 Jeff 在塞尚的故鄉普羅旺斯投宿塞尚旅館，描寫聖維克多山，和兩位無厘頭的日本老婦對話，談及「塞尚先生也喜歡樹」。我們獲得熟悉與陌生相對的美感趣味。另一篇〈問候塞尚先生〉，同樣地點，相似渾同古今的筆法。在塞尚銅像、保羅‧塞尚大道都「沒有看到塞尚先生的身影」。唯一保留百年風貌的塞尚畫室，她略加描述；出了畫室，沿著石子小道，到寬闊的步道，感覺有動靜，轉身看到聖維克多山，她見到塞尚了。聖維克多山對於塞尚何等重要，塞尚的畫作這座山也特別出色。世界多處收藏塞尚作品的名城都去過，這裡是塞尚的家鄉，當然也要來。她談到明年華盛頓有塞尚作品特展，以地主的心境邀約，相信塞尚先生會去。她說明自己家的「窗櫺是深紅色，焦紅七號正合適。」熟讀韓秀《塞尚》的讀者如我，便知道「焦紅七號」的密碼。那是韓秀反覆研究才弄清楚塞尚千百遍試練的奇特調色，這可愛的色彩配搭灰色的屋頂最合宜不過，竟然就在她家，天天讓她沐浴在喜愛的畫家調色中。

韓秀時常前往各級博物館參觀各種文物展覽，有些小而美的展覽同樣讓她興奮而滿意，諸如：馬里蘭州陶森大學亞洲藝術文化中心展出來自亞洲草原、超過三千年的古銅器。她在美國新澤西州的美國玻璃博物館，觀賞臺灣藝術家王俠軍的琉璃「福揚」，王俠軍融會中西，曾受到法國拉利克產品的啟發。於是追述一九八九年巴黎萬國博覽會上，拉利克設計的「鳥歌」胸針曾大獲好評。她介紹美國中部平原肯達基州帕篤卡的美國國家百衲被博物館展出的百衲被手工藝品，百衲被製作協會擁有八十多國家近十萬會員，二〇一四年舉辦了三十屆年度大展。〈古蹟捍衛者〉則披露在二次大戰諾曼第酷烈戰場近距離的猶他海灘附近，一批古蹟捍衛者如何費心修復、保存了一座四百年歷史、十六世紀文藝復興時代方形神殿式的美麗建築。又距諾曼第正中黃金海灘極近的拜約，二戰期間法國政府曾經與納粹德國爭奪、祕藏那幅「征服者威廉」拜約織錦畫。偉大的藝術品描述一〇六六年法國貴族諾曼第公爵渡海征服英國成為英國國王的事蹟，畫面繡出的人、事、物足有一千五百種。〈唯美的世界〉談古典芭蕾，介紹二十世紀的偉大舞蹈家。一九二九年在摩洛哥的蒙地卡羅成立的俄羅斯芭蕾舞團，成員是十三、四歲的小難民，她們在俄國以外的自由世界傳承了祖母、母親的芭蕾藝術，又在好萊塢拍成電影，登上百老匯的舞臺，也接受了現代音樂對芭蕾的詮釋。四十三年後，舞團走入歷史，年事已高的舞者仍然在美國、倫敦、巴黎傳播火種。對美無止境的追求，韓秀也談及臺北詩人、翻譯家、教育家胡品清，她多年致力於中法文化交流，曾獲法國文化傳播部頒贈勳章。她使用中文、法文、英文寫作。她給我們留存了唯美的世界。

現代藝術，現代藝術家，韓秀報導了馳名國際的臺灣美濃客籍女畫家虞曾富美的畫藝。她和一群畫家「將已經瀕臨滅絕的熱帶雨林重現在現代藝術品裡。」文中談到她在希臘神殿大幅壯觀作品的畫展；想到她「魅力無窮的琥珀系列」，「熱力四射的火山熔岩般的那一系列作品」；她的《宇宙之歌》、《冰川花園》。〈那一個下午，白浪如練〉記述他們登上虞家的機動船，「富美的注意力一直被浪花所吸引」。想到拿破崙「最喜歡海浪」，韓秀比論：在拿破崙最後的歲月裡，汪洋大海隔絕了他對自由的想望；富美在作品裡要表現的卻恰恰是自由與奔放。若是參證〈馬爾商與拿破崙〉，那種終身矢志不移的主僕情誼，融合了貴賤的忠誠奉獻，也有著平等敬重的高貴犧牲。這是韓秀三民版「世紀人物100」《科西嘉戰神——拿破崙》的一個未曾細描的特寫鏡頭，馬爾商對英雄拿破崙的高貴情誼，榮辱曲折的眾多考驗令人震撼。他是主體，描寫他的崇高，正好顯現拿破崙的偉大。透過馬爾商的回憶錄及其後人保存的拿翁頭髮，英雄殞落一百五十年後，終於證實死因竟是：「長達六年的慢性砷（砒霜）中毒」。韓秀的著作相互呼應，幾乎類似互文了。

二、深沉、沉痛的思考

人物描摹，精采處令人擊節。〈灰色的背影——回憶梅蘭芳先生〉從陳凱歌導演的《梅蘭芳》談起，拈出「完美」的關鍵詞。臺上臺下，梅蘭芳都很完美。韓秀的外公是戲迷，曾和梅蘭芳票過戲，她八、九歲時，常跟外婆去看梅蘭芳的戲。梅蘭芳一九四九年起就是大官，常上報，他不著戲服的樣子她熟悉。「他一在海棠院兒亮相」，她就飛跑去告訴外婆：「梅老闆拜年來了。」從對過兒的那房、南房，「那個腰身並不婀娜的灰色身影在前呼後擁中」到我們家來了。「步子快而平穩，十足的大男人作派。」他進門「雙手握住外婆的手：『謝先生，多時不見了。』」他用了從前的稱呼，他們的結識在三〇年代，這時是五〇年代中期。外婆說：「謝謝那許多的戲票，薰出了一個小戲迷。」原來送戲票的不是舒先生（老舍）而是梅蘭芳本人。「來一趟不容易」，外婆請教他，孩子左眼弱視，養鴿對眼神是否有幫助？他說：「鴿子不能養，弱視的眼睛盡量多用。」並作了示範。不一會兒，梅老闆微笑：「梅乾菜扣肉，您的拿手。」小韓秀這才聞到香味。告別時，外婆說：「問候大小姐，孩子的老生，中規中矩。」這些對話簡潔精采，意蘊深刻。以前，梅蘭芳不止一次在外公家吃過飯，最喜歡外婆的梅乾菜扣肉。「外婆知道他今天會來，也知道絕對不方便留他吃一頓飯，卻讓他聞到了『從前』的味道，留下了念想卻又不顯山不露水，讓『旁人看不出』！」外婆讚美梅老闆的女兒梅葆玥老生演藝不錯，他高興得哈哈大笑。

五〇年代的政治環境非常複雜，外婆和梅老闆都是高人，竟就能夠做到點水不漏。四合院住有四家人家，自然不便養鴿子；小韓秀努力捂住好的右眼，看海棠的樹葉、白花、由青到紅黃的果子，後來果真可以摘除了眼鏡，別人也確實看不出。

梅老闆幾乎沒有過過苦日子，但六〇年代初他就走了，才六十七歲。「梅老闆做許多不得不做而並不一定心甘情願的事情，做得很累。」文革一起，八度抄家之後，家裡梅老闆親筆繪畫的梅花灑金摺扇也灰飛煙滅了。外婆說：「梅老闆走得恰是時候。」如此說來，他也可以算是有福之人了。這篇人物鋪描，蘊藉耐玩。

另一篇〈脾氣〉，也是藝人的摹寫。藝人葉盛蘭──「富連成」科班的當家人葉春善「才具高，凡事求完美，自然脾氣也大。」一九五七年，他的脾氣完全消失了。章詒和的《伶人往事》詳盡描述葉盛蘭如何殘酷地被批判，被迫就範，「忍氣吞聲演戲──因為缺了葉盛蘭，戲就唱不成了──而不准謝幕！兩齣大戲，《西廂記》的張生與《赤壁之戰》的周瑜之間，別人休息，天下第一小生打掃劇場！於是，他被二十年不間斷的、公開的、明目張膽的折磨硬生生地累死、屈死、折騰死！」過程嚴酷，極不合理，非常荒謬，韓秀簡潔交代。因為沒有他唱不成戲，就要他演戲；但連演兩齣費工的大戲已經艱難，中場還不准他休息。而好戲讓觀眾鼓掌歡呼的一點榮耀——謝幕也不給。明明藝術無罪，而身心受盡折磨，竟長達二十年，從不間斷，不怕人知人評，殘酷地把他累死、折騰死。這豈非比凌遲更凌遲！一些名角兒深諳利害，竟也自私地站出來加深這折磨，可憐「葉盛蘭冤屈而死的時候，還念念不忘小生藝術的傳承。」這些緊密冷冽的文字，讀來令人血脈賁張。葉盛蘭沒有梅蘭芳的運氣和處世智慧，他遭逢荒誕的時代，沒過上像樣的日子，卻堅持他的演藝工作，即使非人的折騰二十年，他也從沒放棄表演，這樣硬頸，何嘗不是另一種「脾氣」！或者說，當他站上舞臺入戲的時候，他會渾然忘卻現實的非人折磨；是這一份發揮精湛演技、傳承演藝的堅強毅力，支撐他度過二十年艱辛的漫漫歲月，這是何等強勁的韌力，何等傲骨，何等的「脾氣」！

像葉盛蘭這樣生不逢時，被黑暗的政治折騰的悲劇，在二戰後的丹麥南端與德國接壤的短短國境，照樣展演了複雜的悲慘世界。〈當代英雄〉書寫：戰爭期間，德國納粹在這丹麥美麗的沙灘上埋下了兩百萬枚地雷。戰後丹麥催逼著兩千德國戰俘在此掃雷。

由於戰爭末期兵源不足，戰俘都是純潔的少年，努力工作，期盼倖存，終能重返家園。這些少年以肉身冒險，同時物資缺乏，常處於半飢餓狀態。最終只剩下四人，上頭不顧承諾，無意放他們自由，而是指派再去某地掃雷。

二〇一五年，丹麥與德國合作拍攝一部電影：《我的土地》，英文標題：*Land of Mine*，英文mine有幾個意思，可以是「我的」或是「地雷」。在臺灣上映，譯作《拆彈少年》。片中描述留在丹麥的德國戰俘的命運，丹麥軍民對德國人的仇恨。無辜少年不斷的拆彈事故，少年們不顧生命搶救一個誤入雷區的丹麥小女孩，那位安撫孩子平靜待援的少年，小女孩成功救出，他卻微笑著走向遍布地雷的所在，他已完全絕望。種種事情衝擊著監管戰俘的上士，觸動他的惻隱之心。當沙灘的地雷清除完畢，上士開車押送倖存的四位少年，到離國境線五百公尺處：「五百公尺外就是德國，快跑！」前面是鬱鬱蒼蒼的樹林，少年們一邊奔跑一邊回頭揮手……。我們無法預期上士和少年們的命運，但是憐惜終究戰勝了仇恨，他們都走出了「雷區」。

書寫人物事蹟的，還有：李牧與文化大學教學啟引、中西文學譯介；魏子雲與海內外金學研究；林太乙的編輯、美食、散文，各有勝景。

三、無盡的美感

若論本書最精緻耐品的美文，必定是與書同名的這篇〈風景線上那一抹鮮亮的紅〉了。這是韓秀與一隻紅狐狸十年心契交誼的故事，是具有靈性與智慧的紅狐狸的深度書寫。蘇軾〈赤壁賦〉：「漁樵於江渚之上，侶漁蝦而友麋鹿。」韓秀所交契的紅狐狸境界更高，平等相待，具有靈性與智慧。無需遠離塵寰，放縱江湖，她坐在書房裡，忙著她的工作，偶爾視線所及，在她費心經營的可愛後園，紅狐狸便飄逸來會，「一團火紅」在「在初冬的暖陽下小睡片刻。」「微風拂過，立在花壇上的鑄鐵鬱金香滴溜溜地旋轉起來。」牠醒了，「站起身來，睜大眼睛向我這邊看過來，微笑著，擺出一個明星的姿勢，這才邁開舞步悄無聲息地消失在牠專用的小門邊，沒有忘記用蓬鬆的尾巴劃個圓圈表達『再見』的意思。」這段美文，紅狐狸華麗的亮相，迷人的身姿，愛煞人也。

韓秀回溯十年前邂逅紅狐狸一家三口，在緊急危難中，她微笑友好的善意讓牠們放心在「大松樹下堆積木柴的掩蔽處安營紮寨。」小狐狸度過一段好日子，父母出門的時候，對門鄰家的老貓大黃會來後院，捕兩隻花栗鼠，等待牠醒來出洞，一道享用新鮮美味的早餐。因為鄰家環境多次改變，惡狗騷亂，紅狐狸一家搬走了。作家想念牠們，為此改良後園，阻絕許多動物，「豎起了六英尺高的圍籬」，她相信狐狸非常聰明，必有辦法進來。兩年後，園丁發現「後園圍籬同鹿網之間有 Fox gate」。從深秋入冬，韓秀在書房長窗前看書，「忽然，眼睛的餘光看到一抹鮮亮的紅色。」來了，小狐狸長成一隻健壯的紅狐狸。在雪花中隔玻璃對望，「依然是專注的眼神，依然是微笑的臉，失去了天真，卻有了幾分莊嚴。」她告訴夫婿：「我們的紅狐狸，牠來巡視牠的領地。」一個夏日，狐狸來指引她去收拾街道中央車禍被撞死的一隻肥碩的松鼠；屍體清除之後，牠又示意把道路上的血跡沖洗清淨。秋季，迷迭香移株，看見牠在玩落葉，似乎把落葉掃進那空洞中，紅領會牠必有作用，便沒去填平。那年冬天酷寒，車道積雪二十七英寸。大家忙著鏟雪，紅狐狸飛身而來，叨走「一隻凍得硬邦邦的肥大的野兔」。原來，「那個迷迭香留下的空洞正是我家紅狐狸的冰箱之一，是牠為家小儲存冬糧的所在。」韓秀摹寫了具有智慧靈性的美麗紅狐狸，極為傳神。她忙著撰寫，忙著做事，動作極快，效率很高。她和紅狐狸彼此都老了，「都在調整著自己的速度，但是我們仍然屬高速度、快節奏的族群。」彼此惦記，一能見面，總傳遞著關心。超然物我，這是怎樣令人欣羨的情誼！

——《國文天地》第三七卷第六期，二〇二一年十一月

釋放石頭靈魂的藝術家
——米開朗基羅

韓秀近三十餘年來以華文書寫為志業，是勤勉撰述而又成績亮麗的名作家。近年她除了小說創作、散文專集（包括書評、書話及「文林憶述」），她還致力於傳記書寫。三民書局的「兒童文學叢書——世紀人物100」，其中多本「文學家系列」、「音樂家系列」就出自她的手筆。這一類的書籍撰寫，必須融會貫串、深入淺出；基本上也得有做撰述論文排比資料、系統歸納的工夫。新近出版《米開朗基羅》，韓秀繼《林布蘭特》、《塞尚》，為幼獅文化事業公司「藝術家的故事」系列再增添了一冊精緻的藝術家傳記。

米開朗基羅（一四七五－一五六四）的生平事蹟、畢生奉獻藝術的經歷，韓秀以精緻而又流暢的文筆娓娓道來；在關鍵轉捩處，加重濃墨，剖析、細描，突顯個人特質；偶爾略做預示，讓讀者帶著懸疑，感受強烈的震撼，而驚嘆、敬服。配置精美的插圖及解說，本書兼具了深度藝術導覽的功能。米開朗基羅從幼嬰時期就生活在採石場，習於粉塵，樂於享受鎚鑿聲的音籟；死後仍有侄媳備妥鎚鑿工具袋緊握在手。他以藝術為妻，作品就是他的孩子。雕塑是他的最愛，他是一鎚一鑿，釋放石頭靈魂的全方位藝術家。無論遭逢多少磨難，他總是全力以赴，在歷代教皇專斷偏執的指令之下，他融合古今，兼採希臘、羅馬的藝術風格，大有創新，寫下了文藝復興燦爛輝煌的藝術史新頁。

韓秀的《米開朗基羅》傳載了龐大豐富的資材，曲折離奇的波折。米開朗基羅的藝術之路，父親是一大阻力；為了學繪畫，承受嚴重的體罰，甚至後來即使他承擔了全家族的經濟，終生的藝術堅持父親並未理解。還好三位母親——生母、保姆、繼母都給予他深厚的慈愛，繼母尤其難得，曾為他阻擋父叔的暴力，也為他隱瞞衣服上的屍臭，讓他得以透過解剖而掌握人體肌肉筋骨的結構，成就完美的人體雕塑。他幸運地一路獲得老師、貴族的賞識、呵護，也以出色的藝品令人驚異讚嘆。十三歲進入吉蘭達約的畫室，不到一年，就被推薦到梅廸奇家族的雕塑學校，跟隨廸・喬凡尼學習。他「看到了」可塑的石頭，羅倫佐的庭園深處便發現「古希臘雕塑藝術品裡增加了一位生動的愛神」。老師讓他對付一塊有瑕疵的美麗石頭，要求雕出聖母與聖嬰；他完成了《梯邊聖母》，兩個小天使在聖母面前嬉戲，一條橫線托住天使的腳，層層階梯出現，空洞避開，疤痕被巧妙地利用了。

因為才華橫溢，備受師長的喜受，不幸竟引發一位師兄嫉妒，被打斷了鼻樑，十六歲的他毀損了俊美的容貌。但他的雕塑並未中斷，不久就完成《半人馬之戰》。喬凡尼看出米開朗基羅已拋棄了前輩大師多納泰羅的細膩、含蓄、典雅，而表現出瘋狂廝殺的場景。難道他承受的暴力，使他展露了活生生的人間世？這是個不世出的天才。

老師去世，庇護者遠離養病，接事者無知而傲慢，米開朗基羅回家。他常到附近的聖斯庇瑞托教會醫院去。主事神父善待他，默許他去停屍間解剖屍體。他心中有罪惡感，誠懇詢問自己能為教會做些什麼？那就是以堅硬胡桃木雕出的《十字架上的基督》。他的基督像人體的肌肉骨骼精準無比，基督的面容很像慈愛的神父。他藉作品表達了對神父無限的敬意與謝意。

法王入侵戰後，再度崛起的梅廸奇家族，委託米開朗基羅製作《沉睡的邱比特》，利用古羅馬題材創作，他賦予了新意。中間人充當古羅馬作品，向羅馬的樞機主教拉法洛・里阿里奧索取高價。主教發現這藝品完美無瑕，他把天才藝術家找了出來，要求雕刻一尊真人大小的酒神，沒有具體的期待，讓他自由發揮。他的酒神巴克斯，不像傳說中的壯碩，而是健康、消瘦的，有點像他自己；不像從未喝醉，他的酒神眼神迷茫，顯然喝高了；有點猶疑不決，多年來內心成就感與罪惡感交纏，在此表現了出來。雕像展露了古希臘的風格，酒神複雜的心緒同小牧神的天真爛漫形成強烈的對比；主教在酒神身上還看到了一些屬於女人的特質，細膩、纖巧、含蓄。這或者由於他創作時正處於喪失慈愛繼母的傷痛之中。

米開朗基羅接受法國駐羅馬聖座的紅衣主教委託雕塑《聖殤》，從選材、醞釀，到敲擊石頭，「聖母子的形象從大理石中復甦了。年輕美麗的聖母低垂著雙目，強有力的右臂微微托起膝上遍體鱗傷的聖子。左手優雅地平伸，似乎在問，為什麼？」他第一次被稱為「大師」，《梵諦岡聖殤》也是他唯一簽署名字的作品，韓秀選來當做封面。他回故鄉佛羅倫薩，為佛羅倫薩教堂公會把六米巨大的美石雕出肩上背著投石帶、正準備戰鬥的大衛。並沒有把敵人歌利亞的頭顱踩在腳下，大衛正全神貫注地瞪視著面前高大的敵人。

佛羅倫薩的執政者，曾要求米開朗基羅和達文西背對背，繪畫戰勝比薩和米蘭的濕壁畫。他勉力擬出《卡西納戰役草圖》，採用大戰揭幕前的場景，精準地掌握人物動作中的肌肉與骨骼，細膩描繪出人物內心的活動。教皇朱利阿斯二世緊急徵召，他很高興能去羅馬做石雕。然而，偉大的《摩西》雕塑之後，《教皇朱利阿斯二世陵寢》折騰四十年才告完成。其間教皇隨興插入蠻橫的指令，如鑄造巨大的銅像。他鑄出的銅像比教皇更威嚴，簡直像是戰神。故鄉出色的銅匠大力協助，天才還是創造了奇蹟。他再度被召喚，這回是西斯汀禮拜堂穹頂的濕壁畫。教皇堅持，折磨無可避免，他構思了《創世紀》，創造木柱撐持的鷹架，不忍同鄉夥伴們犧牲健康，獨自承擔了艱苦的工作。整整四年，以倒仰的姿勢在侷促的空間，往穹頂繪製了三百四十三個人物，三十七歲的他完成生平第一幅巨大的濕壁畫，有史以來最偉大的壁畫。可憐藝術家折損了健康，幾乎半殘。他沉浸在憂鬱中，精神的創傷無從宣洩，正好注入解放石頭中禁錮的《瀕死的奴隸》、《負重的阿特拉斯》。

新任教皇克利門特七世出身佛羅倫薩的梅廸奇家族，徵召米開朗基羅進行兩項工程：梅廸奇禮拜堂和聖羅倫佐圖書館。《教皇朱利阿斯二世陵寢》的石雕再度延宕，而佛羅倫薩的工程也莫名解約、擱置。在最苦痛的日子裡，他為一位私人收藏家完成了一座《站立起來的耶穌》，充分表達出他不肯屈服的強韌個性。他設計聖羅倫佐圖書館，大門外的階梯尤其富於創意，晚年才由弟子完成。他也雕刻了《聖母子》，耗時十年，傳遞出一種高潔的孺慕之情。

一五三〇年，米開朗基羅最心愛的弟弟死亡，苦惱、徬徨，逝去的青春能否召喚回來？他創作了《勝利》。如同常勝將軍的青年是美和力量的化身，被青年壓在身下的老人，竟然有著他自己的面貌特徵。《蹲踞著的男孩》以美少年阿瑪杜利為寫真取樣，臉部的專心致志，使羅丹得到啟發，創造了名作《思想者》。藝術家難得一見歡愉的心情。接著《尼莫爾公爵陵墓及「夜」與「日」》、《爾比諾公爵陵墓及「暮」與「晨」》，米開朗基羅表達了深切的生死觀，以及對「時間」的理解，藝術家融合建築與雕刻而有了偉大創造。他再度受命繪製西斯汀禮拜堂祭壇前的濕壁畫，新牆上《最後的審判》與穹頂的《創世紀》形成強烈的對比，締造濕壁畫的巔峰。《最後的審判》耗時六年，四百多個人物擺放在精準的位置，畫面集宗教、神話、文學、音樂於一爐。最高仲裁者抬起右臂，高舉起右手，左臂橫在胸前，手心向下，天堂、地獄分明，光明籠罩的強壯體魄、莊重肅穆神情，來自阿波羅。米開朗基羅把相契女友的形體繪入聖母的形象中；向基督申訴的聖巴薩拉謬，左手提著的人皮上有著一幅他自己的畫像。

米開朗基羅六十三歲時結識紅粉知己詩人柯隆娜，他為她畫了兩幅素描：《垂死的基督》非常完美，她感動讚嘆；《聖殤》的聖母酷似自己，她痛哭失聲。他應教皇要求，跨域設計羅馬卡比托里高地廣場與建築。年輕時曾用障眼的粉塵，作勢修改大衛的鼻子；一五五五年，未能阻擋自己的作品不遭人踐踏，八十歲的藝術家隱藏內心的風暴，《最後的審判》諸多人物是否添飾衣服，只是淡然以對。另方面，他則完成《萊契爾》和《蕾亞》兩座大有寓意的雕像，得以分列《摩西坐像》的兩側，置放於教皇朱利阿斯二世的陵墓。十幾年來，他擔任聖彼得大教堂的總設計師，還為教皇保祿三世在保利內禮拜堂繪製《掃羅信主》和《聖彼得受難》兩幅濕壁畫，正是一生一死的啟示，他在《聖彼得受難》右下角留下了自己雙手環抱於胸的全身圖像。也就在這一年，他完成《佛羅倫薩聖殤》，四個人物的雕像採用更複雜的工藝，正用全身力量支撐著基督的善人尼克蒂摩斯，他賦予了自己的容貌。親如子弟的助手阿瑪杜利去世，他太傷心，交代莫讓這座雕像如初時的構想擺放在自己的墳墓上。

米開朗基羅了解自己能夠在任何艱難困苦的狀況下完成真正傳世的作品。他承應將一座西元三、四世紀的澡堂，向四外擴充，改建成美輪美奐的聖瑪利亞天使教堂。花園的一個隱密角落，在四個《奴隸》附近，他相中一塊極其堅硬的石頭，純粹為自己而創作，雕刻了《隆達尼尼的聖殤》。這最後的藝品，來不及精雕細琢，聖母子的相扶相依，傳達了沉重的傷痛與無奈。

米開朗基羅遺言歸葬故鄉佛羅倫薩，他愛故鄉，故鄉人也真愛他們的藝術家。侄兒李奧納多和科西莫公爵合力從羅馬把他「搶回」，安葬在聖殿聖十字大教堂。

——《中國語文》七二八期，二〇一八年二月

事出沉思

——柯慶明《沉思與行動》讀後

今年（二〇二一）四月間，紀念柯慶明（一九四六－二〇一九）先生逝世二週年，臺大出版中心印行了厚達六百頁的《沉思與行動》，細細捧讀，衷心感佩。有些是舊文新讀，多數是初度閱賞，編輯、定題非常適切。原本各種類型、多重主題的各色文章，卻能從柯先生的為人特質與行文旨趣，命名：《沉思與行動》，果然深知其人，善體其意。柯先生確實常在沉思中，發而為言，經常滔滔不絕，下筆不能自休。多次在學術會議上，見到他向聽眾致歉：文章太長，超過規定，注釋出處暫時從略。很高興這本書中刊錄的是完整的全文。自從李遠哲大倡教改之後，學術界的教授們多出許多行政會議，教育部許多重要政策也要求名牌教授參與規畫，柯先生便更忙碌了。《沉思與行動》包涵先生談論臺灣現代文學與文學教育，一者是沉思所得，一者是付諸行動。文學視野與理念，脫離不了現實。而在學院的教學化育英才之餘，他更被延聘投入高中國文教學的規畫，參與〈高中國文課程綱要〉的擬定，恰恰是學以致用，把理念付諸實踐，古代士子最大的願望庶乎近之。

《沉思與行動》已有專家學者論評，在此我不過側寫，談我細讀及所知聞見。敘寫相關許多敬仰人物，為求客觀簡便，姑且省略各項尊稱，誠敬之意未減。

一、事出沉思，別具慧見

朱自清寫於一九二五年的〈背影〉，選入海峽兩岸的教科本，閱眾非常普遍。一般賞析理解，此文敘寫父子誠摯、樸實的親情，良好的親子關係。柯先生卻別具觀點，他指出〈背影〉的「現代性」：朱自清筆下的父親穿著過時的黑布大馬掛深青布棉袍，即將去北京念大學的他，穿著父親特為他製作的新式紫毛大衣。父親為他去買橘子，笨拙地從月臺爬上爬下，他淚光晶瑩，為何「只看見父親的背影，不是父親正面的形象？因為他要走一條完全新的路，父親是漸形漸遠。只剩下一個即將消失的背影，父親只有情感依戀的意義，而沒有真正指導他、幫助他的能力了。」他不受囿於一般成見的思維，推拓出一層新解，並且拿王文興的《家變》做為比論。時代遽變，「那個爸爸越來越跟不上時代，……原來所具有的優點，都窘態畢露。這兩部作品基本的主題，其實一樣——新文學要告別封建或士大夫的文化。」

因為沉思，柯先生觀察敏銳，描摹人物，總能見人所未見，寫出特色來。原刊於《印刻文學生活誌》六期的〈「瘦馬」傳奇〉，從自己學習及活動環境所遇的周遭各等人物一一娓娓道來，司馬中原和朱西甯多次穿梭浮現。一九六五／六六年間，《臺大青年》一篇評論當代作家風格的文章，竟以馬致遠〈天淨沙〉分出六類：枯藤、老樹、昏鴉、古道、西風、瘦馬，「瘦馬」正指軍中作家（或依唐捐稱：軍旅作家）。柯先生初會司馬中原，是司馬中原參與大專期刊比賽的評審，多次給予臺大中文系系刊《新潮》一些獎項，並向系主任臺靜農稱讚：「同學們發表的作品，顯現的寫作能力甚至勝過一些老作家，尤其是文字表現的新鮮與活力。」他看出司馬作品中的新潮筆法，以及作家對臺先生的傾慕，蘊涵了對於臺先生是五四文壇前輩的敬重。他還觀察到後來《幼獅文藝》安排了臺先生、王夢鷗先生的座談，以及臺先生逐漸發表一些《龍坡雜文》，似乎解禁了。他也提及梅新想方設法，幫助葉嘉瑩在正中書局出版《唐宋詞名家詞論集》，於是不露形跡解了禁，讓葉嘉瑩可以回臺授課講學。此其中，柯先生是關鍵人物，正是他擬去哈佛研究，梅新透過曾永義引介，轉達，由他連繫葉嘉瑩，而促成一大美事。而且此後梅新不停地向他邀稿，而與《聯副》爭衡，使他先後出版了《靜思手札》（一九九二，東大）、《省思札記》（一九九六，爾雅）兩本散文集。靜思、省思，起始就是柯先生寫作的動力源泉。

柯先生不贊成一般簡化談論軍旅作家，他欽佩司馬中原《靈語》、《加拉猛之墓》的文字功力，談論〈黎明列車〉中的許多新潮技巧，將鐵路「轉化為同步前進的『時代』的隱喻，而開啟了以計『分鐘』為單位，來察覺其變化的情景描寫與以車內、窗外為對比，近於蒙太奇之敘事架構的創新表現。」他認為司馬在《皇冠》連載的《魔夜》是「最為切面複雜而意味深遠，利用單一的空間架構而呈現多觀點輻輳的『現代』敘事作品」。他在大學編輯《新潮》時，便談論朱西甯的《鐵漿》短篇小說集，針對孟昭有的塑型，他創發「血氣英雄」一詞；對於鄉土人物，他認為朱西甯始終出以「現代」的觀照，悲憫多於眷念。司馬中原比較接近沈從文，肯定多於批判；朱西甯比較接近魯迅，批判多於肯定。同樣寫鄉土人物，對朱西甯是「國民性」的反省，對司馬中原卻是「筆補造化，想保住一點即將消失的傳統社會獨特的幽微詩意情韻」。「兩人對於全球性的『現代化』現象，以至『現代主義』的藝術與典律，其實都具有高度的注意，甚至自覺地吸收。」他這些論述深刻獨到，別具慧心。

二、投注現代文學，強調人文教育

柯慶明先生因緣際會，除本科研習古典文學，尚友古人，青少年高中時已能執筆論說〈我的個人主義論〉。王文興初入臺大時，由中文系和外文系合聘，在中文系開「現代文學」課程，全講授英文原版的英美短篇小說，他正編輯系刊《新潮》，就和幾位同學嘗試採用王老師細讀精論的方法，詮解朱西甯、司馬中原、張愛玲的短篇小說，備受師長和作家的肯定。他也進而有緣接編一段時期的《現代文學》，發表創作，並負責「中國古典文學研究」的專欄。對他來說，藉此融會中西；而外文系相對要求學生必選「中國文學史」，人們笑稱「朱（立民）顏（元叔）改」。兩系共同培育中英兼修的學子，從《現代文學》編輯群由中文系人接手，直到後來的《中外文學》兼顧中西、古典、現代，王德威認為：「臺灣中文學界『抒情傳統』的建立和發揚，柯慶明是關鍵人物。」他個人則珍惜中文系人為《現代文學》、《中外文學》的支持與協力，覺得出版界、學術界不宜忽視這一點。王文興主編《現代文學》的時期，登出葉嘉瑩長篇學術論文〈說杜甫贈李白詩一首——談李杜之交誼與天才之寂寞〉，後來應聘中文系，講授「現代文學」、「現代小說」、「小說創作」等課程，他激發、刊用了中文系學子詮解、翻譯、創作的作品；《現代文學》於一九六七年十二月第三十三期推出「中國古典文學研究」專號，又刊出臺大中文系主任臺靜農以下，八位教師、四位研究生、五位本科生的研究論文，差不多涵蓋了系中比較通達、不受拘限的文學人才。因此，柯先生一干中文系人對於《現代文學》，以及後來的《中外文學》確實投注了心力，匯成一股洪流，對臺灣現代文學產生影響，確實不容小覷。

身為名校精英，博學多才，服務熱忱，不免要承擔行政任務，要被邀請參與教育部各級國文教學的研議擬訂。其中繁密的條文姑且不論，最特殊的是他拈出「人文教育」的原則。他強調教育和文化建設不能僅僅注重表象的撥款多少，舉辦活動多少，而要輔成青年自我精神的提升，培育情意交感的生命。人文關懷最基本的是對於他人人格尊嚴的尊重。國科會的研究經費補助與獎勵，也應該超越平板資料的機械排比，留意人文學術精神屬性的恢復。國文教學並非僅僅是字句理解、背誦經典美文、熟悉掌故而已足，教學的重點是「文章所要傳達的人性經驗與其中所蘊涵的人文價值或人文思維」，可以「提升各人的精神境界，凝聚社會文化的集體共識。」向典範學習，深入閱讀，「直探其中反映的人性情境與人格精神。」重要的要兼顧古典與現代的人文精神的培育。因此，鼓勵獨立思考，實現自我。他覺得髮禁可以開放，頭髮可以教孩子們自行管理，發揮創意。

語文教育既要向典範學習，深入閱讀，培育人格精神；也要能面對世界，和現實生活融通。所以不能藏身在「睡美人的城堡」，自欺枉想如此就能避災得福，而忘記「不進則退」，在世界的激流中，勢將大大落伍，無處安頓。唯有接受「事上磨鍊，應變積漸」，才能適應、融入現實人生，進而走向世界。

三、此中有人：前輩風範，學術光輝

柯先生兼研古典與現代文學，指導眾多研究生從事各種面向的研究；又兼行政、教育部編委等職分，大致夠忙碌，消耗精神，很難再有休閒的時間，悠閒的心境，坐下來寫些藝文創作。但事實不然，《昔往的輝光》一書，許多懷人（或傷悼）的憶舊文章，或切身親炙、恭聆教誨的老師：臺靜農、屈翼鵬（萬里）、葉慶炳、齊邦媛；或同系、同校師長：鄭因百（騫）、朱立民，前者必稱「老師」，後者則稱「先生」。另外文學兼跨新聞編輯的梅新，由於約稿屬文、相知契合及共同議事，他也一向尊稱「先生」。這些深情濃鬱的文章，既是傳記性的報導，也都是唯美的抒情散文，大都能緊扣人物的人格特質，彰顯其理念志事，勾勒其行事梗概，突顯其難能可貴的精神與卓越的成就。

《沉思與行動》中輯四「此中有人」，有著學術界、文壇的若干剪影：傅斯年、殷海光、洪炎秋、毛子水、臺靜農、戴君仁、張清徽（敬），以及夏志清、姚一葦、王文興、白先勇，他的深層描繪，讓讀者見識到一些難得的特殊情境。從傅斯年接掌臺大，首次到熱帶醫學研究所巡視，談及柯父源卿先生正做實驗，不曾放下工作列隊歡迎。傅校長看到他那沉浸在實驗中全神專注的樣子，對所長說：「要注意這個人。」不料這句話被所長往負面了解，以致柯父儘管多篇研究論文出色，升等一直受到阻撓。這也影響整個家族對傅校長（甚至國民政府？）的理解。柯慶明細察傅斯年從五四以迄執掌臺大的種種言論、行事，推定他說「要注意這個人」，其實是稱許的意義。可憐當年多少不幸的事故，往往就像這樣，是在下的人曲解上意，或執行偏差所造成。

〈追憶殷海光先生〉寫於殷先生逝世三十五週年。他入學臺大的第一堂課就是文學院共同必修課「理則學」，任課教師殷海光，講堂在普三最大的階梯教室。殷先生「精悍矍鑠、器宇非凡」、「表情平易但目光凌利（厲）」，第一句話就是：「人活著就是要追求真理！」殷先生授課時而流露的文化關懷與批評，讓學生受用無窮。柯先生受教精讀《哲學問題》的原文版，學會「如何去作層層深入的解析與步步進逼的推理。」殷先生的《思想與方法》也為他「開啟了一扇可以眺望西方近代思想及其進路的大窗」。殷先生頭一年來臺大的「邏輯」課，當掉上百個學生，回應傅校長，是用了「清華北大的標準」。他上哲學系的「哲學解析」課，常會「提到熊十力的氣象、金岳霖的風度」。殷先生就是軒昂出眾：「殷先生寧可昂首闊步地走路，也不願擠公車，因為他覺得有傷人的尊嚴。」

在〈仙人有待乘黃鶴，海客無心隨白鷗：懷念高友工先生〉一文中，他指出：高先生只在臺大客座教學一學年，影響卻不小。他很會稱許人、鼓勵人。姚一葦因而信心大增，完成美學著作《藝術的奧秘》，提送教育部審查，獲得正教授資格，轉換軌道，在新成立的國立藝術大學，出任戲劇系系主任，化育不少人才，寫出許多劇本。高先生在臺大激起「高友工旋風」，提點、開拓美學的理解視野，而被敦促論述，「對抒情傳統與中國美典，作了精闢的闡揚，後來遂有《中國美典與文學研究論集》的出版。」當年受業的研究生，和「文學討論會」的年輕教師學員都深受啟發，而延續了「抒情傳統」理念與現象的探討。（王德威讚美：柯慶明影響臺灣中文學界「抒情傳統」的建立和發揚，原來高友工是創發的源頭。）更難得的是後來經過學友們的反覆請願，終於促成《中國抒情傳統再發現》上下兩巨冊選集出版，緊列在臺靜農《中國文學史》之後，成為臺大出版中心廿週年紀念叢書之一。

《沉思與行動》中收有〈李渝小說簡論〉一文，議論相當周全精闢。李渝寫作，獻身現代主義，執著於文字，把文字密度提升到最高點。她的小說不露形跡而能溯源其影響的，可能是魯迅與沈從文。她喜用一種「多重渡引」的敘事觀點，「小說文字精鍊而多變，頗合隨物賦形之旨。」小說情節的發展有幾個基本的母題：嚮慕、恐怖、藝術、宗教、精神疾病的療癒等。其中許多意象，如白鶴、鷺鷥、金絲猿、海豚等所象徵的宇宙生機，都令人感念。二〇一六年十二月臺大臺文所主辦的「論寫作：郭松棻李渝文學研討會」發表的〈郭松棻小說略論〉，大致只是導引，尚未全力開展。文中有兩個重點：「生離死別似是郭松棻小說中不斷出現的情境」，「郭松棻後期小說的引人入勝之處，卻在出以曲隱之筆，極為豐富的多元主題，抒情意象與筆調，勾勒出了一個既美麗又哀愁的人生與世相剖面，自然其中不乏政治的諷喻。」雖是略論，卻精要地點出郭松棻小說非凡的特質。

柯先生教學、行政忙碌，他在現代小說批評論述的篇幅不算多，但不寫則已，寫出必精闢深刻，〈李渝小說簡論〉就是很好的範例。他的精到高論其實散見於《沉思與行動》各篇人物描摹、文壇掌故之中，〈「瘦馬」傳奇〉之於現代小說、〈姚一葦先生雜憶〉之於現代戲劇，即可以略窺一斑。

——《中國語文》七七〇期，二〇二一年八月

平居有所思

——柯慶明的藝文小品

學者往往「述而不作」。當今繁雜的社會，在包融古典與現代的學術環境中，中文系人若能單純地選擇單一項目做深入研究，或許仍不免「狹隘」之譏；偶爾撰寫學術論文，整理文獻，綜會前賢議論，閃現一點新銳慧眼，已屬難得。這樣耗費過量精神，即使光環耀眼，但畢竟不過是學術論見，遠遠不是藝文創作能展現個人的人文特質與辭情文采。像柯慶明先生這樣的名校精英，教學、指導論文，再加上行政及教育部各種委任的職務，擠兌了他極其珍希的個人休閒，偏偏藝文創作就是需要閑情閒時。儘管如此，他仍有精采的散文創作：《靜思手札》（一九九二年，東大）、《省思札記》（一九九六年，爾雅）兩本散文集。這成果，說來竟是文壇副刊編輯催逼而得，原來的稿本，卻正是柯先生豁免教學，專力在哈佛做研究時期隨手記錄的沉思筆札。他以「黑野」的筆名發表新詩、散文，遠在高中的青澀年代，投稿園地《幼獅文藝》的編輯，後來《聯副》的瘂弦、《中副》的梅新對他關愛不捨。他在《中副》撰寫專欄：「省思札記」，第二本散文集出版，也就用來做為書名。

一、抒情小品

（一）服役預官的金門特寫

柯慶明的散文都從生活中來。他的散文，除了報導文學《昔往的輝光》那種揉雜現代手法的傳記文學鋪描，極見深廣的學識背景之外，最為討喜的特殊篇章，便是《靜思手札》、《省思札記》二書中的抒情小品。他在金門服士官役一年，勾繪了上尉排長視眼中珍貴的戰地圖景。〈噢，暮春！〉描寫金門五月天，雨後近黃昏，「濃蔭下一頭褐得發黑的黃牛」，「一個約莫三四歲梳著兩串烏溜溜沖天辮子的小女孩，……訝異地瞪著你，令你像做錯了什麼事地心虛。不遠，幾個赤腳穿卡其制服的小男孩正用一條竹棍在石板橋上測試混黃了的流湍的威力，又跳又叫……」勾勒清晰，圖景有金門的地域特色。他描寫村外的田野，「一片無涯的青翠」，「雀聲，卻唱滿了天空。仰望，頭頂的高處正顫抖著一粒鳥影。」極目仰望，簡潔一句「顫抖著一粒鳥影」，「顫抖」、「粒」突顯了金門天空的高曠。高粱高到胸前，「葉片兒又綠又肥，……最魅人的還是微雨初起時，雨點兒落在草叢中悄無聲息，落在高粱葉上又響又脆，……彷彿整個曠野都屏息，就只這站成方陣的一群群在吶喊，在呼號，在歡笑。」細微觀察到聲音著落景況殊異，實在「魅人」。滿山遍野的白瓣黃蕊野花、滿園的白蝴蝶、「萬綠叢中點點紅艷的野草莓，……小鑽戒，大鑽戒，就那樣豪侈地戴在那些侏儒般小灌木的細枝上。」喻描靈動。而「佔領了整個春山的卻是相思樹的濃黃小花」，風景如畫，這是一九六九年的戰地暮春。〈困於水井〉抒寫金門戰地夜晚獨自在井邊汲水準備沖澡，不意傳令兵一聲吆喝，水桶失手落入井中。城市下來的預官柔懦膽小，老被揶揄調侃，他不願被傳為笑柄，試著運用高二暑期參加登山技術訓練隊學過的煙囪式攀登技巧下井。接近井底，水桶只差一手之遙，井壁卻突然開闊起來，人便落入井底，取得水桶，卻上不去了。潮濕的紅土，沾滿手上身上，擦得疼痛，「整個人早就塗得像個鹹鴨蛋了。」最終傳令兵和一個過路小兵，用繩子把他和水桶拉了上去。文弱書生居然能運用五年前學得的煙囪式攀登技巧實際操作，相當了不起！原來傳令兵求援的連部會下井的某某不在，那人也不過就是「綑了繩子給縋下去的」「敢」下井而已！「腹有詩書氣自華」，妙的是，他在井底無奈等待的時候，「真的體會到坐井觀天的滋味」，「很能了解十五個吊桶七上八下的意境了」，想到「現在自己真的是井底之蛙」（六百度近視的四眼田雞），記誦起《莊子》的「埳井之蛙」來，這時節「還可以聊以自嘲。」他常在適當的行文關鍵處反芻一些腹中的詩文，平添趣味。

〈還鄉〉抒寫除役當日，備好行囊準備回家。卻從醒來的一刻寫起，到最後看著傳令兵「一把抄起我摺疊得好好的棉被、蚊帳、軍氈，笑嘻嘻地走了。」全文都在敘描金門當日及一年來的特殊事項：「那個黃昏靜靜地看日落的海，烟波浩蕩而島嶼羅列的海灣。」陪那個一等「天兵」郭朝進上哨兵，「藉著微弱的燭光看《藝術的奧秘》」。「還鄉」之迫切或其他，「鄉」隻字不及，而意在言外，這是他的布局策略。一如後來應《聯副》千字約稿，請談筆名，〈筆名可名〉滔滔千字文章，「黑野」的筆名究竟何所以，全留給讀者自去品味。以虛寫實，虛中自有實，這未必不是一個高明的手法。

（二）青春校園的美好陽光

柯先生當年執意考入臺大中文系，臨畢又選修已十年未開的課程，撰寫學位論文；接著入伍一年，就直接受聘為系助教，從此在臺大服務整整半世紀。一個嶄新的開始，〈春，在文學院〉，「天空潑辣地奔灑著深淺的水墨，整個早晨潮濕在雨滴裡。……跨過新漆咖啡色的柵門，倒來了整校園的鮮艷。」運用詩筆，描寫春景之餘，他記下座右銘：「貧窮的是時間，富有的是甦醒。窗外飄浮著春天。」幾篇散發著青春氣息、洋溢著春光的小品，寫得詩意盈滿：〈窗外是極好的陽光〉，起筆亦即題名，這樣的情景，只「該讀『詩』」。從容看著花、樹、草、天空、遊雲、建築，「看路上輕鬆走過的行人，每雙腳步靜靜地蹈出韻律……看一切都在陽光底下舒展、清朗、明亮、璀燦之際，輕輕地吟，慢慢地念。吟世界成詩，念詩成世界。」這麼美好的意境，可惜人太聰明，有必須的工作，不分陰晴雨雪。而「太陽是個不守時的沒有經常按卡的工人」，在工作日「埋首向……桌上日日堆砌的最急件。」一樣有「埋首於方城之戲的幸福！」自己既想悠閒做個詩人，或愛詩人，賞詩讀詩，卻也真愛工作，是位能從學術研究中沉浸品味個中三昧的人。怎麼辨？誠實地體會到：「詩？夢想！窗外是極好的陽光。」煞筆三句標點符號表達明白透徹。同一個句子起結，真是別出心裁。美文小品，情真意切。

在臺大校園，他觀察入微，早晨「蓮花池裡看到一隻黑色的蝦」，「他那伸展著兩隻前螯，運動著混身大腳小腳的前進的樣子可真壯觀，真像某種太空裡的探測船。」星期日，「站在寂靜無人的文學院的樓上，靜聽院子裡兩種不同的鳥叫。」若不是週休日還來這裡，不能有「寂靜」的心境，體會這單音與複調的二重奏。單音像打拍子，一聲又一聲，始終不間斷；極快的複音叫，一串，然後是前一種單音四五聲長的寂靜，然後重複。感覺像在唱和。「令人詫異的是在這些叫聲後面所反映的活力與強——持續不停，沒有一聲不飽滿。」又是精細入微的辨音描繪，比金門的雨聲更為繁複。

他一早要去上課，經過小郵局的小路，注視到一個小男生走向草叢一棵大樹下，「在大樹所蔭出的一大片陰暗裡靜靜地坐下。……我體會到陰影裡的靜謐。」莫非幻見了也不過幾年前的自己的身影？他在草地路邊窄窄的水溝裡，發現美景：「一片都是小鳳凰樹的葉穗子，黃的、褐的、深咖啡的，編織成細密像蓆子一樣，但卻更多姿更變化參差的圖案。」他靜靜站著，「凝視好久，彷彿閱讀著某種奧秘的經文。」他離去之後，一位學生跑下樓來探看，柯老師凝視許久的是？奇特的動作引來好奇的探查，如此煞筆，含蘊不盡之意。他也見識到「麻雀真的是不怕人的！」費辭描敘牠們「目中無人」，「一副不屑一顧的神情，自顧自的歇息它們的。……蠻不在乎的與你瞪視。……尤其成群結隊的時候。」他不禁感慨：「真的為稻草人悲哀起來，也為相信稻草人的人悲哀。」人們以為一物尅一物，大自然的應變卻早已超越了人為的算計。

（三）溫羅汀的城居素描

鹿橋寫過《市廛居》，柯慶明有篇〈城居札記〉，騎著腳踏車或步行過臺大、師大一帶，他敏銳的視角，捕捉到不少佳妙的鏡頭：在古亭市場旁的一座大樓下，一群體力工人模樣的人，群坐著睡覺，姿態各異。想起服役金門時，「無數構工的日午」，也是「就在工地旁邊的樹蔭下，就地枕著鋼盔睡下」。疲倦是真實的，管他體不體面？這是「一個勞動者才能有的驕傲、自足、充實的感覺——心安理得的累與休息！」偶然在龍泉街路上擡頭，發現街的一側，「所有的吃食店上是一排教室的長窗……心裡一亮」，畢竟是讀書人，對於教化人才的地點有著親切感。「正眼瞧去，路的上方是一小片的天空，遠處有一群砂粒一般的鳥影飛著。」（形容「鳥影」，「砂粒」比「粒」更小更多了。）這是常常經過的地方，總擔心窄街、許多店攤、行人，來來往往的學生、住宅區的男男女女，「偶而一經過就幾乎要擋住整條街的車輛」，只怕撞翻或被撞翻，於是，直到這天猛擡頭望遠，才驚覺：這裡有鳥成群！人們難免受到蔽障，正是如此。他書寫的是老龍泉街，他見證了龍泉街未拓寬前的情景。沒能告訴讀者的是：後來修成大馬路名為師大路，原有的巷弄另稱龍泉街，新舊名同實異。

〈人際〉一篇冷眼側寫人物。晚上到研究室去，順路到車棚裡附設的小福利部買冷飲，見到一男一女帶了書的學生，期末考試期間，他們格外有著一種輕鬆悠閒的韻致。兩人買了一罐飲料，並肩走入黑暗中去了。「昏黃路燈的光照下，依稀看見他們輪流喝著同一罐飲料……給人一種自然親密契合的感覺。」「那女生並不需打扮，那男生也不充闊。」他看得「心裡漸漸為泛濫的溫煦與寧謐所溢滿。」他帶了甫滿週歲的女兒去買餛飩，回程經過一個小巷一個打開房門的人家，簷下兩位老婦人正站著說話。「兩人的模樣，如燼餘的寒灰，……一種不帶火氣的平和、輕鬆。」面對街巷的那位，「看到我用腳踏車帶著小女兒經過的那一剎那，卻不由自主的對著懷中的思思笑了起來。」那是一種投石入水，「仍然不改著平靜、清悠，卻泛滿漣漪似的笑。一種完全近乎不自覺的發自生命的自然的笑。」自行車並未停下，他卻深深感動了，捕捉了那剎那間綻開的天然純美的笑容。

二、理趣小品

性好沉思的柯慶明，在《靜思手札》、《省思札記》二書中，有許多閑來隨筆，有些富含深蘊的理趣，接近詩筆，前後零散隨興呈現。如果細按前後文章，解析、繫聯，至少可以整理出兩個脈絡來。

（一）自我

「認清自己的意義，在同時是：／發現自己與創造自己！」（〈靜室手記〉79）自我，到底是怎樣的？要創造自己，先得充實自己，那要靠閱讀。柯慶明愛書，好讀書，他把書比喻為廟堂，書中供奉著真、善、美藝術之神，神有著不同的容顏。讀萬卷書，有如行腳僧朝聖。〈朝聖〉採如詩之筆，「讓我跣足成一行腳的頭陀吧！」朝聖者虔誠祈願：長途跋涉，溪邊小立，「我將在斷木片石的坐憩看到你。我將在天光雲影看到你。我將在松風竹吟聽到你。我將在薄霧的輕移，一片葉子的落地，葉隙間一縷輕陽裡感覺到你的臨近。我將在不寐的夜晚，漫天的濃雲，滿空的星斗，明亮那孤獨的小衛星的臨風彷徨裡遇見你。」跋涉去朝聖，在各種情境之下，一大段類疊而又變幻的詩化筆法，有些化不開的濃郁，幾乎就是散文詩了。

〈尋找被遺忘的另一個我〉，尋找著：熱情洋溢、惶惑追尋，「但江上清風、山間明月，盡是涉目成趣」、「雄心萬丈……」一種蘊涵在心的精神渴望」的青春的自己。年長，「為了責任放棄夢想，為了踐履接受制限」，可仍是「篤實的中年人」，未來還可能是位「智慧的老年人」。

「自我肯定的意義在尋求一種自覺性的生活。」「思索使人成長。」「學會不自憐，是成長的開始。」〈才・德〉一文說：「我們所需要的是每個人盡心盡意的做好他專業上所應該做的事，發揮他在專業上所應該發揮的最大的功能！功能的發揮，就是德性的實現！」人盡其才，是社會安定、進步的力量，也是德性的展現。正是這個道理。「希望是一種有所肯定，肯定明天的生活態度。」自發力存在每個人的生命中，「路是永遠走不完的。因為我們生了腳。」魯迅〈故鄉〉中的名言，套用詮釋得多好。

「自知且接受其命運的人就自由。」〈微笑〉一篇正言若反，不是開懷暢快，而是傷悼悲憫，省思人生的兩種追尋，無奈，「只能微笑」。「有人跑了千萬個地方去看一個相同的太陽。有人住在一個地方，看到了千萬個太陽。」Ulysses 或 Faust 的追尋，「總是渴望著自由！自由！但卻在心裡飽受著不自由的折磨。」尤利息斯、浮士德，著名的小說人物。做為循環反覆、徒勞追尋的靈魂類型，不自由的靈魂，把那個不自由的我當做自我，多脆弱的自我，只能與孤獨同在。有著傷口，並以之為傲，「他們以疏離保存自我，藉放逐感覺自由。」也許有傷痛，成了藝術家，但充其量不過是「自我放逐」，他只能悲憫，無法鼓掌，更無法微笑。

「理解人的有限性，並且在心理真正的接受別人和自我的有限，是我們能夠欣賞人我，甚至原諒、憐惜彼此的基礎。」（〈握青手記73〉）人必須盡其在我，但也必須了解／發現，天地之大，自己的能耐是有局限的。Ulysses 或 Faust 永不放棄的追尋，有文學或人性的喻況深義，但也可能是一種偏執。「天才之痛苦常在未能『安頓』一己之生命。因為他們的強、大，使他們無法安於『小成』，而大成之達到又往往不易，甚至絕對、格外有待的。」（〈靜室手記〉25）人必須理解自己不夠完美，最重要的是不懈怠地精進，無所為而為。保唐禪宗的創立者無住禪師融會南北教旨，既強調多聞與修行，也援引《法句經》：「若起精進心，是妄非精進。若能心不妄，精進無有涯。」更強調南宗的「無念」。柯慶明既說：「沒有根基的高樓是徒然的」，又引述同樣的經句，他顯然「精進」與「無念」兼顧了（〈靜室手記〉1）。

「在這個焦慮的年代裡，人們有太多解構的尖銳，但是太少建構的智慧。……幸福只來自肯定！肯定自己，肯定對象，肯定別人，肯定世界！」（〈握青手記6〉）他說：「上帝也是在創造中肯定了自己。因為創造了我們，祂才開始存在，也開始獲得了自我的意義。……上帝親口對我說過的，我是人！我必須完成我自己。」（〈靜思筆記〉21）。我如何自我完成？「追根究柢，生命的真實意義，人的終極追求，或許就在：生命的深化與自由表現。」（〈靜室手記〉97）。那麼創造吧：「超越過去，超越自我的拘狹。」創造即是「心靈空間與生活空間的開拓。」（〈創造〉）而後不計名利地精進，理解凡事盡其在我就是。〈要〉說：「人生其實是一連串的挑戰／／要有心理準備／要能求助，要能利用一切／可以應用的方便與力量。……要打不過了就跑，找到救兵再來。／／要能捲土重來。／要行於所當行，止於所當止。」此文採詩行短句，有瘂弦「之必要」的複調旋律。要不怕挑戰，懂得尋求援助，盡其在我，才能完成自我。末二句強調靈活變通，轉化用典，也精切有力。

（二）愛

《論語》中的「父母，唯其疾之憂」，歷來兩種解說。為人父之後，他深深體會，當然是指：做父母的對於子女的擔憂。父母關愛孩子，就怕他三長兩短，有個什麼病痛。完全摒除利害關係，全盤地接納孩子。〈慈．悲〉說：「毫不設防的承擔子女的一切不圓滿、不理想，種種的病痛、挫折、打擊，一切的意外、災難所集在一起的全部的痛苦。」他領悟：「愛就是要克服苦難而對苦難所做的擁抱吧！」「為我們所愛的子女照舊在承受他們自身的痛苦；所以愛，也永遠是悲哀的。正因為悲哀，所以益加的愛。」他認為：「米開朗基羅的 Pieta（聖殤），真的鐫刻了那個悲哀。」在另一處：「目眇眇分愁予——這就是米開朗基羅的聖母抱子慟像（Pieta）中，永恒的聖母的神情。」（〈靜室手記〉25）援引《九歌．湘夫人》辭句，憂愁婉曲，詩意縈迴。

「所謂修身，其實就是一種自愛的表現。」心靈的修練，不外「主敬」、「主靜」，說得明晰一點，「應從學習專注開始」。類似日本人加了「道」的活動，「莫不需要專注，也訓練專注，因此就有修練心靈的意義。」他拈出「收攝心神，凝聚自我」，認為這樣才能「顯示真我，方能與天地同流，萬化交通。」（〈凝聚〉）

愛己而及人，愛，就在「成就其善」。他說：「愛，包含『像對方一樣地』的意義，因此『同情』——察覺生命彼此內在深處的相通，所生發的共同存在的感覺與意識。」愛，為他就是為己，互相成就：「讓每一個女人記住吧！／在真愛之中，讓他贏了，就是你贏了。」（〈靜室手記〉110）怎麼說呢？拿另一篇〈對話．辯論〉來印證，愛是對話，不是辯論，所以無所謂輸贏，而是更加深理解，相得益彰，共得共榮，所以「愛就是不再孤單。」

〈握青手記23〉說：「兩個成長或成熟的人才能完全相愛。」愛是需要培養的，需要時機的，「許多美好的事像垂釣。你只能作好準備，然後耐心等待。」愛的維護，也需要理性，需要尊重。「溝通是提昇自己，以便可以體會分享瞭解對方的祕密。……

不但是知，更重要的是信賴、信靠、欣賞與愛。」（〈握青手記31〉）知己難求，朋友如此，尤其情侶，真正的相知，包涵了理解之後的接納，容忍他所有的優缺點，進而欣賞、信任、依賴。這是極高的愛的境界。

尊重對方，自己要完成自我，也希望對方能成就自己。偉恩・戴爾說：「愛是讓你所關懷的人，成為他們所選擇的自己，而不堅持他們得滿足你的那種能力與意願。」（〈愛的迴響〉）這是理性、尊重對方的真愛，讓他順性自由發展，而不支配、強求他必須如何。應該「盡人之性」，讓他「發揮他在專業上所應該發揮的最大的功能！」（〈才・德〉）要想做到這個層次，首要是：「讓你所關懷的人，成為他們所選擇的自己。」他能在自己選擇的工作中感受到快樂，便是幸福的人。

《靜思手札》、《省思札記》二書中，還有很多耐人尋味的理趣小品，且留予有興的讀者自行採探吧！

——《中國語文》七七一期，二〇二一年九月

劍橋博士純美深蘊的兩地情書

——陳志銳的《習之微刻書》

《習之微刻書》，新加坡八方文化創作室二〇一四年五月出版，是陳志銳在劍橋研修博士時和妻子分隔兩地的電子情書。

文人巧譯，徐志摩的「翡冷翠」寓涵雙關，公認比起「佛羅倫斯」優美，陳志銳的《習之微刻書》近似。他選用典雅而富涵雙關的詞語，習之微刻，是劍橋一個區域Sidgwick Site的音譯。劍橋是他攻讀博士、埋首研習的地方，同時做為丈夫和父親，這也是他人生歷練成長的珍貴經驗，一字一刻，他的書寫，精雕出許多感受、體悟，既是學者的培育，也是成人的鍛鍊。文字跨越英倫、新加坡、紐約，概括三個月的單向電子家書，純美之情，深蘊其中，妻子缺席而又無所不在。稱謂變化不多，署名省略，隨著狀態描摹長短不一，推敲考究。記載日期、發信時間，往往近午夜，有時在清晨一、二點鐘。分斷章節，每以精美設計的標題，配搭圖片，多數是攝影，巧妙呈現臨場感。陳志銳的家書不同於泛泛瑣細的兒女情長，這本電子情書小集，純美深蘊，詩化散文的撰寫，相當篇幅的完美插圖，讓人不忍釋手，反覆玩味。

遊學異地，相思綿長，學問與情感相互激盪，日記兼情書，原來可以這樣展現。

一、研習討論、論文撰寫、學術會議

陳志銳在劍橋大學攻讀漢學博士，課業乃第一要務，卻並非《習之微刻書》撰寫的主要目的。字裡行間，讀者可以發現：身在英倫，他參與討論、趕寫論文、儘量參加學術會議，博士生緊密把握時間。送別妻子回獅城的次日，凌晨一點半與妻子視訊，已近兩點鐘，卻還「要回去準備明天的 Asia in Theory 研討課」。有些時忙得日夜顛倒，深夜不成眠，又記掛著「一整個早上要教的課」。他深感劍橋在現代文學的空乏，已有學友點明劍橋難免 overrated（載譽過高），便和幾位同學進行了「自救」討論會，雖覺悲哀，也激發大家自力更生的決心。論文撰述：「星期天的午後／書寫復書寫」，「準備進入北島的前流亡詩歌體系」，「一整個早上的朦朧詩論述」。搭機前往紐約參加學術會議之前的一週，「近乎封閉的擠壓自我，讓論文的形貌在真空中生成」，密集二十八小時不眠不休，終於完成「我為朦朧詩辯護的第一萬字說辭」。這段文章配搭了一張經過特殊處理的攝影，附加簡易說明：「朦朧詩的書桌寫作／連攝影／也朦朧」，確實如林高序言：「文字建構之外輔以視覺聯想」，由不得讀者不喜歡。他也研究阿城的小說，搜尋資料時，驚逢劍橋的初雪，「珍珠般地彈奏在玻璃上的白色小精靈。輕盈旋轉的棉絮隨風飛舞」。參加學術會議，從紐約回返，文末標示：「從新澤西機場開始／到客機宵夜後／劍橋的課業，也寧靜的等著。」二〇〇五年的情人節，他回到新加坡，和家人團聚，無需進行兩地書寫；但為了論文，「即將制定朝十晚五的用功時段」，於是得再啟動電郵了。他果然「在每一種不同的可能中創造最佳的學習條件」，「加快論文的步伐」，返家後，難得竟是愛情、親情與學問兼顧融洽，他的書寫事半功倍。

陳志銳二十多年前畢業於師大國文系，回返新加坡之後，獲得英國萊斯特大學商業管理碩士、新加坡國大英國文學碩士，又取得劍橋大學漢學博士。現為南洋理工大學華文教研中心院長。他工作，做學問兼顧創作，學術論著、主編、撰寫的華文創作二十種，成績斐然。前不久，二〇一九年十一月二十二日他參加臺師大主辦的第六屆華文作家論壇，講題是〈聽，新華文學中的臺灣腔〉，他檢視個人，包括許多新華文學中的作家，當年在臺灣研習、浸濡的歷程，對於創作的無形影響。他二十一日在臺灣語文學系國際連結講座講演，定題：〈新加坡的文學旅遊：從陳志銳的《獅城地標詩學》談開去〉。《獅城地標詩學》運用大幅的攝影或繪圖，以新詩的文學深廣度描摹獅城地標，適切融入一些歷史古蹟的探掘。這本圖文並茂、賞心悅目的現代地理圖誌，和《習之微刻書》同樣是相當成功的創作。讀來特有某種親切感的是，兩書偶爾閃現的浸濡了些許臺灣韻味。

二、學友惕勵，情景勾勒

陳志銳珍惜劍橋的學習環境，多學轉益，旁聽當代英國文學課。然而他並不古板，論學也念舊，偶爾週五蹺了這非正課的課程，去牛津會晤多年不見的學友。他觀察到這位國大學友越發成熟，「歐洲的外表融進了牛津的行色匆匆裡頭」，但見面寒暄，仍是熟悉的語氣。在友人返回工作崗位時，他遍逛牛津市中心的古舊建築並熱狂地拍攝，而竟巧遇一位獅城的學生，從史丹福到牛津學習一個學段。他出席攝影學會的演講，出席中文系年度的新生詩歌朗誦會。某些演講和活動，未必直接與主論文密邇相關，但他興趣多方，關懷層面深廣，深思感悟，都一一記述下來。他和兩位同學深感劍橋在現代文學方面的空乏，進行了「自救」討論會。他參加學術會議，到達紐約，深覺「探身容易，抽身艱難。」畫面一尊沮喪的球臉、直統衫裙、雙手插腰、兩隻大赤腳的黑色石雕，佔據正中的版面，一副迎面嚇阻的樣態。「我深切沉潛在自己被這個城市抽乾的感覺中，無法自主。」在哥大腦力激盪，開了一天半的學術研討會之外，「整個曼哈頓以他不眠的精彩、驚人的速度壓縮我六日的目不暇接。」行程緊迫，感觸很多。

他觀察、思考，「嚮往美利堅帝國的博大，珍惜大英環境的精深。」以排比對稱的句式做了紐約和英倫的比較：拈粘與沉澱，湧流般的鬧與深井般的靜，追趕不上的快與不怕落後的緩。他期盼與同學砥礪共勉，每見老友故交，便反躬自省。學生Q本是產量豐碩的詩人，到了哥大，卻寫不出作品，還陷入憂鬱中。或許是龐大的資訊來不及消化，紐約的快速繁雜，令人沮喪。安靜沉潛之必要，他慶幸有妻子的溫柔，讓自己靜定下來。

甲申年的除夕，人在紐約。他前往唐人街，吃一盤常見的飯菜，默然不語，只對服務員以廣東話說了聲謝謝（唔該）。他買了半磅的叉燒和半隻琵琶燒鴨，和房東——那個籌辦哥大研討會的新加坡人一起吃了團圓飯；而後在回返倫敦的飛機上酣睡中進入鷄年。

「劍橋的留學生涯不是一個寂寞了得」，難捱的研究過程，卻也有溫暖如 Mc Dermott 教授「極富禪意的居家」酒會微醺，開懷縱論。推著腳車陪同學YY走回聖約翰學院，返回住處，再給妻子寫信，已是凌晨三點零二分。

三、純情深蘊，妻子無所不在

書信的收受人，形影鮮少摹繪，妻子卻無所不在，是他奮進的支撐力量。她離去後，轉頭尋找捷運，「卻第一次在英倫失去方向的篤定」；回到房間，「我以忙碌地移動家具來填補這個房間的安靜」。要撥打電話回新加坡，才發現一向都是妻子背出號碼的。惶惶然只能閱讀不能書寫。三天後，慢慢才調適過來。妻子體貼，要給他更多的沉靜時間，夫妻的情愛與思念溫暖著彼此。為了妻子、女兒與即將降生的寶寶，他決定加快論文的步伐，儘量參加學術會議，而且盡可能不影響假期回家。鷄年開春，Mc Dermott 教授家中聚會之後，凌晨三點，獨自走回來，「不覺寂寞，因為你始終沒有離開我，如這封深夜裡的信。」正因情愛的支撐與電郵的抒發，不再淒苦，不致「怎一個寂寞了得」。兩地情書，全由「耶穌綠原前六步斗室」發送。

二〇〇四年的十二月六日與二〇〇五年的一月十八日三封高空電郵相接，正好是陳志銳寒假返家的前後時間，十九日一封也還在高速公路上。他放棄巴塞羅那和法蘭克福的兩處學術會議，換來總共四十三天的家庭團聚。別後已三週，「在飛往廸拜的高空中想你，所有的思念除了深度，更有了高度。」「高度」兼指實質的高空、情感的意境昇華，思念的抒情，優美而生動。小女兒「有人緣惹人憐惜」，妻子「散發光輝的倩影，我都還來不及一一習以為常」，又得再度艱難的分離，「勇敢堅強」的妻子和兩個寶貝卻在內心緊密的依靠著。返家期間新添了寶寶，多大的事體，居然沒有閑筆多加著墨，想見這些電郵都是在百忙抽閑短暫時間裡書寫而成的。

為了可以儘早和妻女聚首，而論文的速度與繁瑣非得顧及不可，他「近乎封閉的擠壓自我」，「幾乎拒絕交際」一週猛趕，完成朦朧詩論題的初步萬字論文。有些生活上的細節，考慮到妻子也許會「產生我獨自生活得很留學很自我很寫意的錯覺」，不敢多說，姑且「記錄成繭」，將來再當面一一「反芻」。往返參加紐約的學術會議，震撼性的觀感，比較大西洋兩大城市的文化背景，他一一和妻子分享。回到劍橋，情人節近了，周末艷陽下的國王咖啡座，「我一個人想望著即將回返的你的身旁。」總是匆匆作別劍橋，他覺得虧欠，是啊，這麼美麗的劍橋！只是「回返家中，始終是我的更大的心願。」明白表示：「等待著你們的一同到來劍橋」，他心中盤算著的是未來英倫全家在一起的美好時光。

他趕在情人節之前起飛。空中傾吐，感念六年的情愛，有如協調的共舞，「因為有你，所有的音樂舞曲都有了具體的身姿，——所有的勇往直前都有了終點。如錨，我一再地說，你們是我的穩固定位和安心啟航。」妻子一貫是如錨的定位定力。詩般的抒情與堅定的信念，營構出這本意蘊深厚、純情深美的兩地情書。

——《中國語文》第七五一期，二〇二〇年一月

先行者的沉思
——陳映真散文集《父親》

陳映真是固執理想的實踐家，或者就是自己筆下的偏執的知識人。在文學成就上，他是公認的意識先行者，他的意識先行並不妨礙他成為人道主義的小說家。

洪範出版的陳映真散文集《父親》，確實不是一般「辭藻華麗、境界高逸」的消閑散文，而是思慮性質特重的文章。在〈父親〉與〈鞭子和提燈〉兩篇裡，同時提及做為虔敬基督徒的父親如何訓誨孩子，以致陳映真有了三重身分的自我認定：「首先，你是上帝的孩子；／其次，你是中國的孩子；／然後，你是我的孩子。」父親謙抑地把自己放在第三層次；而陳映真這個筆名，原來是使用故去的孿生哥哥的名字，他也早已被父親捨給沒有子嗣的三伯父做養子。教育家，也是神學院贊助者的父親的教誨，使陳映真成了徹底的人道主義者。〈祖祠〉及〈安溪縣石盤頭——祖鄉紀行〉歷記了陳氏來臺八世人的原鄉追尋。祖鄉福建安溪早在南唐建縣，兩宋時優質的瓷器造就了繁榮經濟；明代因為倭亂和屯田、占地以及末年的大饑荒，使貧困下來的安溪人口外移。陳映真推本溯源，考證歷歷。一代又一代口傳祖輩老家的地址，父親念茲在茲的族譜修訂，因著返鄉祭祖都已繫聯補足。陳氏的族譜可以直推到帝舜的第一百三十三世，石盤肇基是世元公，臺灣開臺是百廟公，「中國的孩子」就是這個意思，他熱切關心中國的前途，也成為再自然不過的事。〈十句話〉正是「中國的孩子」的國族認同論述。

陳映真特殊風格的創作，自有其特殊的背景，以筆名許南村發表的「後街——陳映真的創作歷程」曲折詳實地交代了個人文學素養的淵源，可以和〈試論陳映真〉對照。他的政治受難，罪名是閱讀左派書籍，以及與少數友人形成了地下組織。然而文學滋養影響他作品的內涵及深度。他在成功中學初中部時就閱讀魯迅的《吶喊》，高中時閱讀舊俄時期的小說；在淡江英專，他涉獵三〇年代魯迅、巴金、老舍、茅盾等人的作品，兼及社會科學等等及毛澤東的小冊子。他如飢似渴，好學深思，卻是何等觸犯當局的禁忌！一九五九、六〇年，他在《筆匯》發表多篇小說，「年輕的心中充滿著激忿、焦慮和孤獨」，因著小說創作得以抒洩。他關懷退伍老兵的出路，從〈將軍族〉開始，得助於服兵役時對那群人的了解。在陳映真的文學生涯中，啟發、激勵他的師友，不少是外省人；〈懷想胡秋原先生〉一文中，他寫著：「正是這些胸懷遼闊、具有真知卓見的『外省人』和『中國人』，不僅翼護了我，更整體地保衛了臺灣的鄉土文學。」他關心省外族群與在地鄉人的和睦相處，他的小說有許多這方面的題材，散文〈阿公〉由疏遠而親密的人際關係摹寫了最好的範例。

對於政治受難的難友，他為至友黃耀忠受盡磨難而酗酒頹廢傷悼；戴國煇一時無法壓抑痛傷亡友的悲慟，他完全理解那種「心靈的風暴」。「我們只求權利，不求恩典。」這樣的呼籲理當受到正視。

——《中央日報・副刊》〈閱讀〉專刊，二〇〇四年十月十七日

輯肆

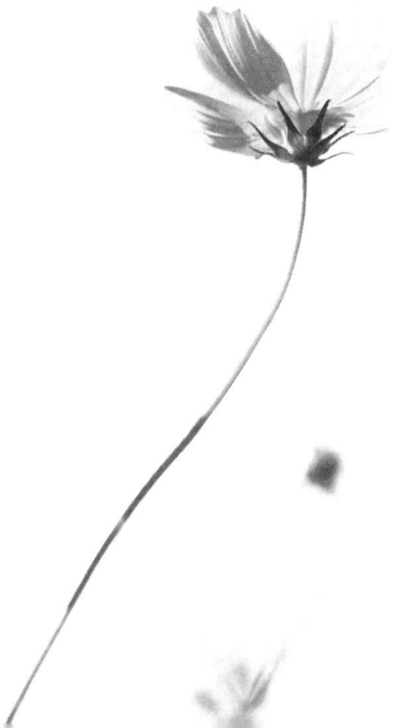

北宋變法考驗了士人德慧

——王安石與司馬光

王安石（一〇二一－一〇八六）變法的熱潮消褪了之後，退居江寧，在住所的書房、窗戶、屏風都寫上：「當時諸葛成何事？只合終身作臥龍」。唐代薛能（八一七－八八〇）〈遊嘉州後溪——開元觀閑遊，因及後溪，偶成二韻〉，王安石特拈取後兩句，恰恰曲達了他深沉的感慨。諸葛亮（一八一－二三四）治蜀，是史上成功的案例，可惜安石變法卻白忙一場，還留下嚴重的後遺症。有一些議論，甚至把北宋的嚴酷黨爭，以至滅亡，歸咎於安石用人不當種下的禍端。但王安石本人，其實是滿腹經綸、富有理想、淡泊名利、詩文頗有造詣的正人君子。他感慨的是：諸葛亮鞠躬盡瘁，竟然未能完成興復中原的大業，還不如早年就不要出山，參與政治，徑直在南陽耕讀，終身做臥龍高士，安享淡泊平靜的生活。

一、北宋變法之必要

宋代由於重文輕武，科舉進士錄取員額多，任官寬鬆，又多恩蔭；軍隊兵員數量大，卻缺乏訓練，戰力薄弱，即使徽宗（一〇八二－一一三五）之前的國君都慈儉愛民，冗官、冗兵、冗費的流弊，已使大宋王朝積貧積弱，危機四伏。仁宗（一〇一〇－一〇六三）時，群臣建言多已有變革之議。韓琦（一〇〇八－一〇七五）條陳宜行七事、救弊八事；慶曆三年（一〇四三），范仲淹（九八九－一〇五二）為參知政事（副宰相），受命研議如何因應變革，上呈「十事」，次年推行。其中明黜陟、抑僥倖：強調任官年資三、五年才准升遷，並須經「磨勘」（考核）。官員恩蔭子孫該有限制，監司、邊任須在職滿兩年，大臣不得薦子弟擔任館職。這些針對「冗官」極為切要有效的政策，卻阻擋許多人的利益，於是他被多方毀謗，指為朋黨。范仲淹與韓琦經略陝西曾有功績，此時邊境又有兵事，他便和樞密副使（軍務副總）富弼（一〇〇四－一〇八三）請調外派「行邊」。「慶曆新政」的變法失敗了，但變法當時朝堂已有共識，范仲淹的人望還是很高，卓越的政治生涯仍然繼續。

王安石同樣留意到變法之必要。嘉祐五年（一〇六〇），他在職掌國家財賦核計的機構擔任三司度支判官，進呈〈上仁宗皇帝言事書〉，梁啟超（一八七三－一九二九）撰《王荊公》，讚譽為：「秦漢以後第一大文」。文中指陳政治的弊端，以及改革的方向：吏治與人才。他也和「慶曆新政」一樣，提到：停止恩蔭入仕之途。對於財經改革，提出理財的原則：「因天下之力以生天下之財，取天下之財以供天下之費」，認為治國的關紐在於是否能「治財」。他後來的熙寧變法貫徹了這種精神和原則。

王安石初出道的時候，是借重文官重臣的推揚，又有所堅持。〈言事書〉上奏之後，屢召為館閣之職，屢辭屢召，經歐陽脩（一〇〇七－一〇七二）勸說，才勉強到集賢院任職。神宗（一〇四八－一〇八五）即位，任命他做江寧知府，他接受了。館閣當差，是晉升權力中心的捷徑，卻不太能突出個人的才華，顯然他對於能獨當一面、可以有所作為的工作，意願較高。後召入中央為翰林學士侍講。次年熙寧元年（一〇六八），神宗召安石對談，他進陳〈本朝百年無事箚子〉。「無事」粗安，但「因循末俗之弊」，諸多危亂已出現徵象。吏治、教育、司法、財經一團亂，「農民壞於徭役，……兵士雜於疲老」，貧弱的現實，非變法大力整頓不可。神宗少年天子，銳意革新，對王安石信任專一，越次拔擢，一〇六九年任參知政事，不久就和知樞密院事（佐天子兵政）陳升之（一〇〇六－一〇七四）共同領導制置三司條例司，研議新法施行。

陳升之後來為相，王安石不久便全權主政。安石推薦呂惠卿（一〇三二－一一一一）主持其事。農田水利、青苗、均輸、保甲、免役、市易、保馬、方田等新法，派遣提舉官四十多人，頒行天下。

二、王安石執政，成了拗相公

王安石飽讀經書，懷抱理想，一心要「矯世變俗」，謀求富強，用意良善。他獲得君主全力支持，短期間推出許多改革措施。呂惠卿等人籌畫，急功好利。制度面未必完妥，執行上又多有偏差，於是反對的聲浪此起彼落，有許多出自德高望重、卓有功動的朝中老臣，如歐陽脩、韓琦、司馬光（一〇一九－一〇八六），蘇軾（一〇三七－一一〇一）、蘇轍（一〇三九－一一一二）兄弟也有議論。原先推薦他的呂公著（一〇一八－一〇八三）、一再在神宗面前推揚他的好友韓維（一〇一七－一〇九八）都看不下去，連他的親兄弟安禮（一〇三四－一〇九五）、安國（一〇二八－一〇七四）也勸諫他放緩步伐。這些正人君子並非全然反對變法，不過是想讓他斟酌參考，有所改良。有多位異議者選擇自請外調，朝中也有幾位諫臣激烈彈劾，神宗不為所動。安石自認理想實踐，固執到底，無需顧慮嘈雜的意見；還「變臉」無情，使出非常手段，不論是非，貶逐「政敵」。他善於辯爭，〈趙抃（一〇〇八－一〇八四）傳〉記述：「安石強辯自用，詆天下公論以為流俗，違眾罔民，順非文過。」甚至說：「天變不足畏，祖宗不足法，人言不足恤。」這樣「罷黜中外老成人幾盡，多用門下儇慧少年。」他曾經強調吏治如何改良的一些原則，被他自己破壞了。正人君子遠去，他的人馬便多數是一群投機者、巧慧者、諂媚者。他不夠冷靜、沉著、包容，缺乏政治家成熟的大智慧，急於求功，失了人和。

仗恃著神宗的專意信任，王安石有些不顧法度。他用人常不依循正軌，跳級拔擢；自己也不太拘守法規。曾經在上元夜，跟隨國君的車駕騎馬要進宣德門，衛士斥喝阻擋，鞭打他的馬。他大怒，上奏章要求懲罰那個衛士。被列入〈姦臣傳〉的蔡確（一〇三七－一〇九三）那時當御史，揣測皇帝也不悅，說了公道話：「宿衛之士拱扈至尊而已，宰相下馬非其處，所應訶止。」這類問題，先秦法家早已談過，安石理曲。神宗給他面子，杖責衛士，申斥內侍，安石還憤憤不平。王安石把自己的《詩、書、周禮三經義》頒於學官；有意讓兒子王雱（一〇四四－一〇七六）做龍圖閣直學士，呂惠卿勸皇帝答應。其實這些都超越成規，都違背他早先講求「明法度」的原則。

當新政施行到第六年（一〇七四），「天下久旱，饑民流離」，君臣憂心，檢討指向新法擾亂天下。皇城安上門的監門官鄭俠（一〇四一－一一一九）上書，呈獻所繪饑民流離圖，「扶（老）攜（幼）塞道，羸瘠愁苦，身無完衣」的悲慘圖畫，震撼宮廷內外。鄭俠因假借緊急快馬密奏方式突破封鎖，呈遞奏書，被判了罪，貶竄嶺南。但輿論的壓力，使得王安石罷除相位，出知江寧。他唯恐新法遭受阻撓，引薦呂惠卿任參知政事，又要求召韓絳（一〇一二－一〇八七）替代做宰相，韓絳是新法爭議中一直沉默支持他的君子至友。不久，呂惠卿惡形惡狀，排擠奪權的意圖顯露了，韓絳控制不住，密請神宗召回安石，復為宰相。一〇七五年安石復相後，貶逐了呂惠卿，卻又牽扯兒子王雱暗地使力，唆使鄧綰（一〇二八－一〇八六）告發呂惠卿在華亭縣為姦圖利，下獄鞫究。呂惠卿知道實情以後，便控訴王安石，安石責備王雱，年輕人氣盛，竟引發背疽暴卒。安石再相，常稱病求去，此時受到雙重打擊，皇帝有點厭怒了，一〇七六年便罷相，判江寧府。次年改集禧觀使，後居鍾山，封荊國公。

退休賦閑，清簡樸素，不修邊幅，自在率性地生活。這個面向的王安石，是文人學者的本色，或許不盡可親，卻相當可愛。南宋朱弁（一〇八五－一一四三）的《曲洧舊聞》記載一則軼事：蘇軾由黃州調遷汝州，乘船途經金陵，王安石便服騎驢來迎接，蘇軾來不及戴好帽子，兩人不拘禮儀，機鋒相對，相談甚歡，相知恨晚，冰釋前嫌[1]。

三、司馬光為相，也耍牛脾氣？

神宗在位十八年，始終支持新法，元豐年間（一〇七八－一〇八五），安石離位，章惇（一〇三五－一一〇五）參政。末年，新法流弊多端，神宗想念舊時的老成重臣，文彥博（一〇〇三－一〇九四）、韓絳還在跟前。皇帝檢視御史大夫的職缺，認定：非司馬光不可。又賞賜潁王（即位前的封號）官邸舊書二千四百卷，督促他寫完《資治通鑑》。兩年後，元豐七年（一〇八四），他完成史學巨著進獻，皇帝下詔獎諭。次年三月，神宗駕崩，哲宗十歲即位，宣仁太皇太后（一〇三二－一〇九三）聽政，章惇與司馬光同為宰輔。元祐元年（一〇八六），起用司馬光為相，呂公著同心輔政。蘇軾也重新受召回朝。次年，任翰林學士兼侍讀。某夜在宮中輪值，太后召入便殿對答，談到起用來由，太后說明是先帝讚賞蘇軾奇才，只是來不及進用。神宗雖然一意支持新法推

1《曲洧舊聞》卷五：東坡自黃徙汝，過金陵，荊公野服乘驢，謁於舟次，東坡不冠而迎，揖曰：「軾今日敢以野服見大丞相。」荊公笑曰：「禮豈為我輩設哉！」東坡曰：「軾亦自知相公門下用軾不著。」荊公無語。乃相招遊蔣山。……。

行，卻心如明鏡，也明瞭舊時眾臣抗爭新法而被貶謫的委屈，令人感動。

司馬光樸實敦厚，康熙（一六五四－一七二二）皇帝讚許他「正大和平」。英宗（一〇三二－一〇六七）時，曾下詔陝西每戶三個壯丁就推出一位，「刺以為義勇軍」，刺青作記，編為義勇軍，每人賜錢二千。司馬光任諫官，幾次上疏勸諫，不允准。他又找韓琦辯析，韓琦說：「軍事最難得的是先聲奪人。西夏主諒祚（李元昊之子）桀鷔不馴，讓他突然聽到大宋增兵二十萬，怎會不震驚畏懼？」司馬光推論：問題是，我們雖然增多名額，其實這些人不能作戰，不出十天，西夏就會探察詳情，他們還畏懼什麼？韓琦說：「你只見到仁宗慶曆年間，鄉兵刺青作記，編為『保捷』軍，怕現在又會這麼做。朝廷已張貼皇榜，和人民約定，這些義勇軍永遠不會充軍去防守邊疆的。」韓琦並且保證：「有我在，您不用憂慮。」司馬光說：「您在固然好。只怕將來其他人擔當軍務，一旦有事，讓義勇軍輸運糧食、戍守邊疆，不過反掌之間的事啊！」韓琦默然無語。不到十年，他的憂慮都浮上檯面。他細謹穩重，憂國憂民。

王安石與司馬光交誼素來深厚，安石行新政時，司馬光認為朋友有責善之義，再三寫信反覆勸說。安石很不高興。神宗命他做樞密副使，他堅持辭謝。既然意見不同，天子偏向安石的新政，他寧可外派洛陽的西京御史臺，全力繼續撰寫《資治通鑑》。一

○八二年，也許壓力大，他得了「語澀」症，怕生命不保，預先寫了遺表，萬一有個長短，希望交託人呈奏給皇上。在洛陽十五年，君臣之間咫尺天涯，終究他還是關懷天下大事。宣仁太后垂簾聽政，同時兼用新舊大臣，蔡確、章惇、韓縝（一○一九－一○九七）仍居高官，司馬光起用為陳州知州，過宮闕時，被留住，改為門下侍郎（門下省受命、審令、駁正、請印的佐貳之職）。

元祐元年（一○八六）二月，司馬光拜尚書左僕射（佐天子議大政的副貳之職，宰相之任）兼門下侍郎，兼攝尚書、門下職事一體作業，倍加辛勞。稍後蔡確、章惇罷位，原有官場對立的氛圍稍微平和。鑑於新法執行多有流弊，他幾乎完全反向操作，盡廢新法。青苗、免役、保甲、市易法等等都廢除了。王安石改革積弊的新法，有些取得了成效，並非毫無是處。蘇軾也曾反對新法，但冷靜客觀，認為：司馬光只看到免役法搜括民財，但免役、助役錢讓國庫收入增加，又避免農人輪番當差，耽誤農事。應該斟酌實情，再做存廢的考量。司馬光不同意。蘇軾又到政事堂議論，他列舉司馬光過去與韓琦諫爭刺青作記、編組陝西義勇軍的往事：「難道現在當了宰相，竟不允許我盡力談論嗎？」司馬光笑了。但並沒改變政令。這個對談，列入史書，無庸置疑。司馬光全力輔政，深慮百姓負擔太重。他固執己見，不聽人言，把新法全盤否定，重用舊時政策，有點意氣用事。「拗相公」對上「司馬牛」，後人評斷說：兩位學問、道德兼修的正人君子，都被政治惑亂，迷失了，非常類似[2]。司馬光執政的爭議大致在於：強力將免役法導回舊制差役法；而差役法的最大缺點「衙前」，嚴重甚至會讓執役者破產，他自己也曾檢討過。

不過，細讀《宋史・食貨・役法》中的資料，我們發現：史書的記載可能概約敘述，未必確實。回顧當年的政壇，一個重大的關捩是：司馬光對役法的執行，經過眾臣多方討論，最後採行的是修正改良，而非全盤翻轉。他保留某些特殊項目，先行招募、雇役，而非往年的派差，冗多的名額也適度地裁減。他心心念念要為國為民節約生財。初行新法時，開封府罷去衙前數百人，人民歡欣慶幸，足見衙前差役果然困擾人民。後來官府要索加收百分之十、二十的「羨餘」災難預備金，施行成效又做為官員考核的依據，便造成官員緊迫剝削人民。司馬光無意全盤回復有缺陷的舊制，衙前採行招募或雇用，有遙遠路途的貴重物資押送，另募軍中將士承擔，便不致再有風險、賠償破產的事故。專業的弓箭手等，招募有才技的人擔任。顧慮財政不足，則保留舊法收取助役錢。

2 北京大學副教授趙冬梅主講：《百家講壇》司馬光（第三部），十四，一封回信。https://tv.cctv.com/2018/01/25/VIDEsCB2ZKEJsru8XdWF0t3w180125.shtml?spm=C95797228340.P3XSH3djs

官戶、寺觀、單丁、女戶有屋產，月收租錢可達十五千（一貫五千錢）、莊田中等收成達到百石以上的人家，就隨著貧富等級分派出助役錢。若是遇有沉重艱難的差役，就用這筆錢支應。免役法實行近二十年，一批提舉官過去專以多斂役錢，自詡有功，可能對改良很有意見。熙寧以前役人數目冗多，就以現行名額為準。坊場、河渡錢，可用來雇募，不足，再撥助役錢。必要還可以移挪另一州、路的經費使用[3]。他復出，一再奏請廣開言路，主政兼容並包，「司馬牛」的說詞，太簡化當年新、舊官吏同朝的政局，也太窄看了司馬光。

神宗時，用兵連年，國庫調度不濟。皇帝野心勃勃，曾輕啟邊事，沒有合適的將領、精良的部隊、充足的戰備，竟然就五路出師聲討西夏，引發無名的戰端，出師無功。司馬光主政時，對西夏講求和平共存，所幸他領導的政局穩定，邊境也安寧。遼、夏使者來，必定問候他；還特意交代守邊的官吏，說：中原政府以司馬為宰相了，不要隨便惹是生非，開啟兩國邊疆的爭端。

他感念朝廷對自己言聽計從，完全信任，有心拚命報效國家，便親自處理庶務，日

3　《宋史》卷一七七，〈食貨志上五〉，頁四三一三—四三一四、四三一六：「司馬光復奏……」。鼎文書局，民國六十七年（一九七八）初版。

夜不休息。其實他這年已經生病，一兩個月在家抱病處理公務，過度勞累。賓客見到他身體虛弱，拿諸葛亮「食少事煩」請他警惕，他卻依然故我。這年九月，他逝世了。做宰相，為國盡力的時間不過七個月。他寬和對待「政敵」，王安石過世時，他病中寫信給呂公著說：「朝廷特宜優加厚禮」。他權力在握，卻大度雍容，他想和解。他沒有政治手腕，不懂組織班底，引領的淳樸風氣還不夠深厚。家國身後事簡單，嚴重的是：他一生嚴格自律，光明磊落，身後竟被小人集團圈入「姦黨」黑名單之首，遭受推碑、追貶、奪諡的冤辱，可能完全出乎意料，除了「愕然」，他一定百思不得其解。

四、和諧實難，黨爭肇禍

司馬光主政時期，期望眾臣議政，齊心為國，朝中和諧。若說司馬光結黨營私，有所謂「元祐黨人」，其實很牽強。他在洛陽十五年，固然有獨樂園，和志同道合的富弼、范鎮（一〇〇九－一〇八九）、文彥博等朋友（大都是貶謫或退休的官員）有十三人的「洛陽耆英會」，但舊時無權、無勢、無財的文人集會，能成什麼氣候，能算什麼朋黨？

王安石與司馬光的人品、學問、理想、愛國的滿腔熱誠很相似，他們理念之實踐，方法與舉措卻截然相反。兩人的政治手腕也大為殊異。安石的新政，重心在為國理財、謀財，所用多為急功好利、鑽營取巧之徒，這些人也多重私利、不顧全國家大局。導致但求富國，並不富民，反而擾民，重重剝削。安石為了成效，積極越次拔擢合意順從的人選，對付異議者、反對者則狠戾不擇手段，可以扭曲正義，不辨是非，窮追猛打。即使他執政時間不過七、八年，神宗在位十八年一直延續新法的施行，於是養成許多人格、道德大有缺陷的小人、姦臣，迥異於仁宗時期，韓琦、范仲淹、歐陽脩、富弼、包拯（九九九－一〇六二）等憂國憂民、高風亮節之士。這些人在司馬光復出之際，為數不少，仍在朝堂，他們窺伺、監視，司馬光的反向政略受到掣肘、挑戰。等到做了宰相，可以全面主持改革，嚴格說，只有七個月。他身體衰弱，在家審閱公文，上朝特旨坐轎（一般官員騎馬），需由兒子攙扶。他一再建議，要廣開言路，一意主張寬容，他既沒有組織政略班底，更起始就避免落人口實，而在家門貼出奇特的「客位榜」，大意有三：（一）有公事不要到家裡來。（二）發現我有過失，告訴我。（三）關係個人利益者，寫狀告知（《容齋隨筆》卷四）。他自律嚴謹，與呂公著理念一致，同心輔政，共事八個月，除了在辦公處、朝堂照面，從未私下「同框」[4]。

[4] 北京大學副教授趙冬梅主講：《百家講壇》司馬光（第三部）二十三，奇怪的「客位榜」https://tv.cctv.com/2018/02/03/VIDE6JbLM1Mv3IcmPdBbjFWr180203.shtml?spm=C53121759377.PpQpNjJyNZw2.0.0

范仲淹的兒子范純仁（一〇二七－一一〇一），曾批評新政，外放、一再被折騰。後來罷職，也到西京御史臺。當時耆宿賢臣在洛陽的很多，他跟司馬光都好客卻貧窮，相約做「真率會」，一碗粗米飯，一杯酒敬幾個客人，喝個幾巡，洛陽人當做佳話傳揚。宣仁太皇太后聽政時期，新舊臣僚並用。司馬光去世兩年後，純仁為相。章惇獲罪罷去，他要求寬厚處理，顧慮其父年老，給予便利的地點；蔡確獲罪，初判貶謫到嶺嶠，他認為荊棘蠻荒之地不宜；他進言：聖朝「不可以語言文字之間曖昧不明之過，誅竄大臣。」他認為：蔡確一案不必「推治黨人，旁及枝葉」。為此他受到抨擊，自請罷職。他的諫言，其實用來鑑照熙寧、元豐新政時期，執事者懲罰異議者嚴苛不公；哲宗（一〇七六－一一〇〇）親政及徽宗姦臣用事時，嚴逼重責及羅織元祐黨人，我們便能深刻領會純仁忠直識遠，博愛理智。同時，也有翰林學士蘇軾發策問被言論攻擊，韓維沒來由就被罷去門下侍郎外放，隱隱然已有朋黨較力的暗流在滋生、蔓延。他「慮朋黨將熾」，幾度和文彥博、呂公著在太后簾前討論如何杜防，可惜沒有解決的對策。他有意團結朝臣，培植「篤厚」（如他所願）的士氣，化解朋黨的迷思，凝聚和諧的氛圍。

即使這樣，新政一派卻惡意渲染。宣仁太皇太后駕崩，哲宗親政，改元紹聖（一〇九四－），有意恢復熙寧、元豐新政。章惇為相，標榜「紹述」，便清算起元祐年間，司馬光、呂公著等一批改變新法的人，甚至連垂簾聽政、才過世兩年的宣仁太皇太后也加以誣陷。章惇等人想對已故宰相發塚斲棺，皇帝不許，司馬光仍被奪謚，「忠清粹德」的石碑被推倒。章惇又讓蔡確、蔡京（一〇四五－一一二六）等小人追究元祐諸臣的奏章，羅織誣陷一些在位的大臣，或囚或貶，有的罪及妻子兒女，並禁錮其子孫。徽宗崇寧二年（一一〇三），蔡京為相，將反對新法的群臣，司馬光、呂公著、文彥博、蘇軾、蘇轍等人列為姦黨，次年（一一〇四），重定元祐、元符（一〇九八－一一〇〇）黨人及上書邪謬者三百零九人合為一籍，在文德殿門刻石立碑，御筆親書「元祐黨籍碑」，蔡京書寫刻名，並遍頒到郡國。一一〇六年，因天文異變，皇帝不安，毀「元祐黨籍碑」，恢復貶謫官員的仕籍。這些莫名被誣指、名譽受損的多數忠臣、重臣、功臣，必須到徽、欽二帝北上做了俘虜，南宋偏安江左多年，才逐步昭雪，重見光明。

靖康之難時，隆祐太后（哲宗被廢的孟皇后，一〇七七－一一三五）因不在六宮皇族名冊之內，僥倖存留。她迎立康王即帝位。後來，朝中有叛離，民間有盜賊，金人又南逼，太后與皇帝多次分頭逃難，都靠她聰慧、冷靜，關關克服凶險。紹興（一一三一－）年間，太后生辰，在宮中置酒，從容跟皇帝說：「宣仁太后的賢德，古今的母后沒有一個能比得上。過去姦臣放肆，毀謗誣陷，雖然曾下詔明辨言論謬差，但國史尚未刪改定案，怎能傳導確實？如何寬慰天上的列祖列宗和她的英靈啊！」高宗聽言驚悚，立即下詔重修神宗、哲宗《實錄》。

其實宣仁太后的誣謗未能明確澄清，也是范純仁病重時未竟的心事。至於相關的元祐黨人之冤，欽宗即位第二月，追封范仲淹為魏國公，贈司馬光太師，除元祐黨籍學術之禁。七月，除元符上書邪等之禁，也下令侍從官共議改修宣仁太后謗史。欽宗明智，無奈江山崩壞，戰亂無法著手，便有賴隆祐太后提醒高宗切實去完成了。紹興五年（一一三五），直史館范沖（一〇六六－一一四一）呈上《神宗實錄考異》，另修撰有《哲宗實錄辨誣錄》。一切歷史敘述導正了。皇帝下詔明示章惇、蔡卞（一〇五八－一一一七）詆誣宣仁太皇太后之罪，追貶，子孫不許在朝。

次年（一一三六）春，命給事中、中書舍人甄別元祐黨籍。孝宗（一一二七－一一九四）乾道六年（一一七〇），賜蘇軾謚曰文忠。九年（一一七三），特贈蘇軾為太師。這些後代帝王，多多少少盡心彌補了以往的政治缺憾。

五、結論

北宋歷經百年，冗官、冗兵、冗費的流弊，已使大宋王朝積貧積弱，勢需變革。慶曆新政雖朝臣多具共識，裁汰冗官頗有成效，而積弊沉痾，阻力極大，終告失敗。王安石遭遇少年天子，銳意變法，天子信之專，安石積極急進，規畫不盡周詳，制度面未必完妥，執行上又多有偏差。呂惠卿等人越次擢拔，急功好利，鑽營取巧，投機諂媚。安石固執己見，甚至不辨是非，異議者或請外調，或遭貶謫。用人不當，導致士風大壞。神宗在位十八年一直延續新法的施行，安石去位，章惇為相，在政壇用事的，都是新政培植出來的相類似的人物，朝廷於是充塞著許多人格、道德大有缺陷的慧巧之人。

司馬光元祐元年短暫主政，領導的是新舊兼具的朝臣，雖大力矯正新法的弊病，大體也做了適度的調和。他要求廣開言路，兼容並包，跨越朋黨，營造和諧的政風。范純仁延續同樣的努力，但士風重整，談何容易？後來哲宗親政，章惇再度為相，開始清算起「元祐黨人」，令人駭異的「報復」手段，怨毒之深，確實是無德的「姦臣」。他本是頗有才幹的聰明人，有知人之明，曾說端王「輕佻」，不宜繼統，因此徽宗朝就淡出政壇。既無德，他的慧，也談不上大智慧。更嚴重的是，他領著蔡京，逞欲為惡。徽宗時，蔡京羅織三百零九人，立「元祐黨籍碑」。有蔡京這樣的「姦臣」為相，「以獧薄巧佞之資，濟其（徽宗）驕奢淫佚之志」，有慧無德，這正是徽宗「失國」、北宋覆亡的緣由。北宋變法考驗了士人德慧。

——《孔孟月刊》第六十卷第十一、十二期，二〇二二年九月

為便於閱讀，參閱《宋史》部分節略註釋，二〇二二年十二月

「紀念梁實秋先生國際學術研討會」記事

——從梁實秋故居復舊說起

一、梁實秋故居再現雅舍風華

「梁實秋故居揭碑，再現雅舍風華」，民國百年（二〇一一），十月二十二日，經過臺灣師大兩位校長、三位文學院院長的持久努力及各單位的通力合作，雲和街「梁實秋故居」已復舊，舉行揭碑儀式，當天開放兩小時。雲和雅舍擬先作學術用途，將來對外開放展示。位在師大路商圈，可以添染文藝學術氣息，與溫州街的殷海光故居遙相對應，必然能使早富盛名的溫（州街）、羅（斯福路）、汀（州路）文學探勘之旅更增添光采。這不僅是梁家人、師大人的喜事，也是臺北、全國文化界的盛事。

接受國立臺灣師範大學委託評估重建梁實秋故居的建築師胡宗雄說：梁實秋故居是早期日式建築，隔開客廳與房間裝飾的「板欄間」，還有風景、雕花造型，屋舍外牆是灰泥及稻草堆成的日式傳統壁構法，俗稱「小武壁」，都具有保存價值。一九三〇年的日式建築復舊，援用當時的銅製排水孔、文化瓦及檜木牆磚，複製當時的碎白石、植栽，並儘量保留故居的建材，足以做為建築學研究的實證；門口樹齡超過八十年的麵包樹，在一九五二年梁先生入住時就已高聳碩壯，如今依然繁茂，舒枝展葉，似乎也滿懷喜悅，正熱情迎接貴賓前來。

師大慶祝梁實秋故居修復開放，一連兩天，盛大舉行紀念梁實秋先生國際學術研討會。臺北的「雅舍」建築確實具有特色，但是我們的重點還在於要藉此紀念梁實秋（一九〇三－一九八七）先生本人。這位學貫中西的文壇奇才，是學者、卓越的翻譯家、作家、英語教學的導師。緬想他的生平為人，除了一般耳熟能詳的事蹟，我想以我個人的機緣，談論一些我和我的先生梅新所理解的梁實秋先生的事蹟。他的墨寶，純粹文人風格，具有他個人獨特的風韻。他在清華大學時，曾組織「戲墨社」，用毛筆寫字，在他一生是每日慣常例行的事。他曾為復印的《新月月刊》寫序，為梅新、商禽編選的《新月散文選》寫序、題字，興之所至，也慷慨贈人。我家裡有一幅梅新求來的梁實秋先生珍貴墨寶，寫於庚申（一九八〇）重九，錄黃山谷〈鷓鴣天〉：「黃菊枝頭生曉寒，人生莫放酒杯乾，風前橫笛斜吹雨，醉裡簪花倒著冠。身健在，且加飧，舞裙歌板盡情歡。黃花白髮相牽挽，付與旁人冷眼看。」援引的詞文會說話，這首詞映現了他晚年閑逸豪放的態樣，這幅字讓人百看不厭。

二、梁實秋與「新月」

梁先生的幽默有名。很多人把他和五四運動聯結在一起，他說：「哪有我的分呀！只是拿著小旗子亂跑而已。」其實他和胡適關係相當深厚，卻年輕一些，固然也受五四影響，但不是「五四」健將，只能說是「新月」時候的人。由於一起辦《新月月刊》，胡適很受《新月》一群人的尊敬。如翻譯《莎士比亞全集》，後來雖然由梁先生一人獨力完成，當初就是胡適提議，並指定由梁實秋、徐志摩、聞一多、陳西瀅、葉公超五人組成翻譯小組的，這些人都跟「新月」關係密切。一九三〇年，胡適任職於中華教育基金董事會翻譯委員會，而這龐大的翻譯工作，梁實秋先生在抗戰期間就已著手完成四部悲劇、四部喜劇。在臺北則由文星書店列入文星叢刊五十五，陸續出版，一九六七年全套出齊。民國五十五（一九六六）年五月底，我得到一套當時已出版的「全集」，是我古亭女中導師班的學生合送給我的結婚禮物。橘紅色的三十二開小冊子，維繫了我們師生的情誼，一直到現在（二〇一一年）已四十五年。

梁先生說：《新月月刊》的一群人，都是留學歐美的文人學者，崇尚自由，嚴格說並不像一般簡化說是什麼「新月派」，不過就是一群志同道合的朋友，一起做些文學活動，各有發展，很自由，也沒什麼統一的像徐志摩說的「新月的態度」。梁實秋先生在《新月月刊》發表了不少散文，有兩種性質，一種是鄭重的議論文字，有好幾回編者都排在首頁的藝術畫面之後，做為文章的第一篇，如〈論散文〉、〈文人有行〉、〈論思想統一〉、〈孫中山先生論自由〉等。那些藝術插圖有許多中西名作，其中徐悲鴻的畫作就有好幾幅，大都擺在卷首。另一種是放在卷後標為「零星」的專欄，是回應文壇相對意見的辯難文字，短小精悍，有新聞立即性，卻也得理不饒人，犀利無比。譬如，由於〈文人有行〉引發非議，梁先生又寫出〈文人之行〉；梁先生一篇〈論魯迅先生的「硬譯」〉，引發魯迅的諷刺批駁，他又寫了〈答魯迅先生〉與〈魯迅與牛〉。梁先生一篇〈文學是有階級性的嗎？〉也引發魯迅攻擊，他又回應，寫〈答魯迅先生〉，分兩個小項目：〈資本家的狗〉、〈無產階級文學〉。另外一種散文是簡短的書評，小標目是「書報春秋」，創作或譯作都有，梁實秋也寫了不少，大都是譯作的書評。「書報春秋」也放在卷後，與「零星」交錯更替編輯。民國十七年（一九二八）四月，梁先生已有兩本批評論著由新月書店印行，一本是再版的《古典的與浪漫的》，一本是新出的《文學的紀律》，都是售價五角五分，《新月月刊》從第二號起，有好多期都打著廣告。他在新月書店出版的書還有：《阿伯拉與哀綠綺思的情書》、《潘彼德》、《織工馬南傳》、《白璧德與人文主義》等。

梁先生的《秋室雜文・憶「新月」》提及：

「新月」出版了，它給人的印象是很清新。從外貌上看就特別，版型是方方的，藍面貼黃籤，籤上橫書古宋體「新月」二字。面上印著一張白紙條，上面印著要目。

民國六十六年（一九七七年），梅新與商禽、顏元叔等人籌組雕龍出版社，重新影印《新月月刊》與《學文》雜誌，採用了一般的版型，請求當年參與其事的梁實秋和葉公超兩位先生分頭寫序，民國六十七年並編輯《新月散文選》與《新月小說選》，請兩位署名編輯，並且各自題字和寫序。兩位先生認為很有意義，欣然同意。事隔三十幾年，這《新月散文選》的題字和重印《新月月刊》保留梁先生手跡的序，格外珍貴了。梁先生在重印《新月月刊》序文中說明刊頭是聞一多設計的。聞一多之孫聞黎明教授說，《學文》的封面刊頭也是聞一多設計，書中偶用小插畫，包括「新月」美觀的標幟雕刻也都是聞一多的心血。

雲和街「梁實秋故居」開放，進入參觀，赫然發現一大套十四本紅色封面的《新月月刊》，版型和雕龍出版社的一樣（跟原來的正方型版不同），裝訂一至十二冊，另有幾冊沒有編號；沒有《學文》。翻看出版者，是日本東京的東豐書店，時間在一九八○年十月一日。時間比雕龍出版社的一九七七年十一月晚。扉頁除了原來的自右至左加了黑框的「新月」兩個宋體大字，另加三號體字「目錄」、「索引」，也是自右至左。下欄又有自左至右的「日本」、「東京」、「東豐書店」，以及書店的地址、電話。自右至左加了黑框的「新月」，跟雕龍版一樣，應是原版「藍面貼黃籤，籤上橫書古宋體『新月』二字」照相影印的效果。我很想進一步核對，「目錄」是否就是原書的目錄，還是整理了總目？不知所謂的「索引」又是如何？這套書展覽後又收回總館梁實秋特藏室保管。經多次反覆核查的結果，終於了解到：東豐版從第二卷到第三卷分成十二冊，以阿拉伯數字編號。1號卷首集中列出第二、三兩卷十二冊的目錄，採複製拼貼的方法集中排列。在12號卷末，補列了「新月月刊第三卷總目錄」，分列：一論著（計四十二篇）、二詩（計四十二篇）、三小說（計二十七篇）、四戲劇（計四篇）、五傳記（計十篇）、六小品（計九篇）、七討論（計七篇）、八零星（計十八篇）、九書報春秋（計十七篇）、十通訊（計三篇）（括弧及篇目數為筆者所加），每個項目都包含三項資料：「篇名」、「作者或譯者」、「第某期」。顯然是相當於「索引」了，「索引」列出的「討論」等後四項是《新月月刊》原有的專欄名稱。不過「索引」卻只做了第三卷，同時刊行的第二卷並未做。東豐版第一卷，分四冊；第四卷分兩冊（因為停刊了），沒有另外編號。這不標阿拉伯數字編號的六冊不必說版型和雕龍版相同（除了一紅一綠），分冊及厚度完全和雕龍版的一模一樣；整套書連偶有的模糊漏白都一樣分毫不差。

聞一多之孫聞黎明教授遠來參與盛會，他任職中國社會科學院近代史研究所，他說：梁實秋先生故居擺放的這套嶽麓書店出版的《現代評論》，是歐陽哲生編輯推出的，歐陽是湖南人，就讓嶽麓書店出版了。

師大圖書館收藏零星的莎士比亞戲劇灰色小冊（與文星書店的一樣大小），民國七十四年版，是劉真校長贈書；精裝普通版型的民國八十四年版是陳秀英教授捐贈；都是遠東出版公司出版。故居陳設的莎士比亞戲劇全集三十七本，加上十四行詩等共四十冊，也是遠東出版公司出版。

三、余光中專題演講——典型在夙昔

紀念梁實秋先生國際學術研討會，余光中先生開場說：「我寫過的有關梁實秋先生的文章，大概有五、六篇，能談的大約都談過了，今天就說些有關梁實秋先生的『新世說新語』。」以下摘要記錄余先生的演講：

梁實秋先生有心要以英文撰寫中國文學史，以中文撰寫英國文學史。後者做到了。他的《英國文學史》和《英國文學選》，大部頭，都在兩千頁以上，希望協志工業社能好好把它出版，會是一大貢獻。

梁先生與聞一多是好朋友，留學的時間也相同，梁先生在丹佛附近的克羅拉多學院，聞一多在芝加哥、紐約學美術戲劇，但想法不盡相同；他和郭沫若也是好朋友，後來政治立場不同，也分道揚鑣。他譯莎士比亞全集，跟胡適很有關係。在臺北莎士比亞全集出版慶祝會上，梁先生曾經幽默地談到，翻譯莎士亞全集要有三個條件，一個是要有創作天才，第二是要有耐性，第三是要長壽。他謙虛地說：自己第一項沒有，二、三項有了，所以就完成了。他說話的幽默，常是要讓人深細品味，而不全是表面的字眼。譬如在莎士亞全集出版慶祝會上，他也說：「我要和莎士比亞絕交，他折磨我夠久了。」這些都是雅舍小品式的說法。除了翻譯莎士比亞戲劇三十七部，加上長詩等共四十部；他還翻譯名家作品《百獸圖》等十幾種譯著。

他的「雅舍」，在重慶城北的北碚，有許多作品當時已經寫了，《雅舍小品》則在臺北，民國三十八年由正中書局出版。梁先生寫〈罵人的藝術〉：罵人與道德相關，罵人者覺得被罵的人不合道德，但罵人也不是隨便可以做的。這篇文章廣為流傳，被譯成英文。這是王爾德式的幽默，王爾德說：「蕭伯納一個敵人也沒有，可是他的朋友都不喜歡他。」王爾德又說：「蕭伯納的戲劇演出，我從開始一直睡到結束。」細細品味，就知道委婉中罵人的力道。梁先生說得沒錯，有些人是不能隨便罵的，他就不該罵魯迅。當時他年輕，初生之犢不怕虎，他批評魯迅，主要的理由是不贊成魯迅說的文學有階級性，認為應該開闊一些，有廣闊性。耐人尋味的是，到臺灣以後，儘管有人罵梁先生，梁先生從來不回應；這點我就做不到，所以偶爾會捲入一些論戰的漩渦。他說徐志摩的文章「跑野馬」，一者是不合他「文章要短」的訴求，一者是他不主張太沉醉於浪漫主義。他會勸我不要只讀浪漫主義的詩，也要讀讀現代詩人的詩，雖然還沒有要我讀艾略特，他的視野還是很廣闊的。

梁先生對晚輩很愛護，也很尊重；而對權貴，卻是幽默敢言。抗戰時，他與冰心、朱光潛被國民參政委員會遴選為國民參政員，相當於立法委員的前身，在大陸相當於政協。一次，蔣委員長接見國民參政員，逐一握手，詢問：「你好嗎？」一般都回答：「很好，很好。」到了梁先生，卻應說：「我不太好。」委員長都走過去了，又回過來頭，詢問原因，他說：「平價米稗子太多了，牙齒都嗑壞了。」他利用機會反應公教生活清苦，看看有沒有改善的可能。

梁先生的幽默，有時還帶點玩笑性質的揶揄，必須細細去想，才能弄清楚到底有幾分真實、幾分玩笑。我準備出國留學的時候，他說：「師大送你出國，你也別太努力讀書啦。」不就因為表現優良，才鼓勵出國深造的嗎？不努力，可以嗎？這兩句話話中有話，是了解學生賦性太執著，將心比心，怕他太拚命了，唯恐他在異國過度辛苦，所以這麼說的吧！他又叮嚀：「詩人不可以在美國開車。」據說，他自己開車出過車禍，幸好被一棵松樹擋住。（女兒梁文薔微笑點頭承認有過這樣的事。）梁先生對葉珊（後來改稱楊牧）說：「痛飲酒，熟讀〈離騷〉，即為名士。」他懂得品酒，我曾經到他家，他敬煙，我不抽；他請喝酒，我只能小飲，他說：「不煙不酒，所為何來？」一次他開了一瓶說是一八四二年的葡萄酒請我喝，我回家寫了〈飲 1842 年的葡萄酒〉那首詩。

那瓶酒真的是一八四二年（那年正是鴉片戰爭，開啟不平等條約的關鍵年）的嗎？或許應該運用一點文學誇飾想像。

梁先生的時代，文人交往，還多半透過書信往返來連繫。梁先生喜歡收讀朋友的信件，他也有信必回，而且回得很快；他有收藏信件的癖好，但收藏保留書信是有條件的，原因是：「多年老友誤入仕途，使用書記代筆者，不收；討論人生觀一類大題目者，不收；正文自第二頁開始者，不收；用鋼筆寫在宣紙上，有如在吸墨紙上寫字者，不收；橫寫或在左邊寫起者，不收；有加新式標點之必要者，不收；沒有加新式標點之可能者，亦不收；恭楷者，不收；潦草者，亦不收；作者未歸道山即可公開發表者，不收；如果作者已歸道山，而仍不可公開發表者，亦不收。」收藏書信的尺度這麼嚴格，多少人能經得起這麼挑剔呢？可是梁先生話中有話，這裡有他堅持的某些信念，話中也流露了一些諧趣。

一九四二年延安文藝座談，毛澤東提及要防備兩種作家，一種是帝國主義代表，如周作人；一種是資本主義代表，如梁實秋，就這樣把梁實秋列入黑名單。梁先生一九四九年經由香港來臺灣，恐怕小資產主義劣根性難改，不能留在大陸；但來臺後的梁先生，沉潛下來，即使無辜受罵，也從不接戰。這種修養令人敬服。

四、何寄澎演講與綜合座談會

紀念梁實秋先生國際學術研討會第二天商請臺大中文系的何寄澎教授前來演講：《雅舍小品》的趣味與格調。何教授說：

梁實秋先生的散文獨具風格，可是隨著時代變遷，年輕人追逐的文學風尚已大有改變，梁實秋先生這種獨具風格的散文可能將成為廣陵散。《雅舍小品》三、四集出版的時候，梁先生已八十歲左右，散文相對地顯得說理多，平正，而諧趣淡了些。

我從《雅舍小品》摘選了一些篇目，來解說「《雅舍小品》的趣味與格調」，嘗試用文學史研究的角度，探討《雅舍小品》的文學史意義。拿〈雅舍〉、〈雨〉來說：典雅，文白雜揉；對襯，不覺勉強；從容流暢，語氣融貫。它的誇飾，經驗加上想像，讓人信服其真實之可能；老練通達，顯得雍容大氣。〈孩子〉、〈握手〉、〈洗澡〉，則可見內容博雅，寫的儘管只是平凡人事，非常生活化，日常生活種種情事，無不可成文。宋代人最能掌握平凡中的趣味，由須彌芥子見宇宙，《雅舍小品》傳承了這種特色。《雅舍小品》的結構嚴謹，看似信手拈來，也能行雲流水，意到筆到，妙就妙在不致讓人覺得沒有結構。結尾往往精采，最見深刻，大開大闔，翻轉常常讓人震撼。《雅舍小品》的古典傳統可以直追《史記・留侯世家》，描寫張良的英偉事蹟，最後「太史公曰」卻告訴我們他「狀貌如婦人好女」，這就是「翻轉」的手法。

梁先生的散文，有魏晉的風度，唐宋的日常，明清的優雅與老練通達。題材寬廣，閑適優雅、幽默。一般寫作，是戲謔轉而嘲謔，嘲謔轉而諷刺；梁先生的作品卻是幽默，高雅平易，既從容又銳利，顯露而又含藏，古典而又現代。

梁先生的散文，可與周作人、梁遇春比肩。周作人博雅，偏傳統；梁遇春偏西方，顯得陰鬱；梁實秋先生居中，合乎中道、中庸。他的散文之能如此，是有特殊的人格特質，廣博的知識，文化文學的涵養，還具有相當的智慧。可惜的是，目前的年輕人是否能繼續喜愛梁文，是個疑問。他的散文能與九把刀匹敵嗎？

有人提問：「梁實秋的散文和錢鍾書的散文比較，具有怎樣的特色？」

在座來自北京人民大學的高旭東教授搶先發表意見，說：「錢鍾書有一本《寫在人生邊上》，從容處，不如梁實秋。」

又有人提問：「大陸曾經對魯迅有過造神運動，請教何教授的看法，魯迅的作品又如何？」

何寄澎教授回應現場提問：「魯迅的作品過度感時憂國，他寫民族性，有過渡性的意義。我曾在南京大學應答學生提問，有個小結論：二十世紀需要魯迅，因為讀者有需要被喚醒，讀者讀得痛苦，也讀得痛快；二十一世紀環境不一樣了，不需要魯迅了。梁實秋和魯迅曾經打過筆戰，梁先生反對魯迅的功利化，反對文學要有階級性的說法，從文學的長遠意義來說，梁先生是有道理的。」

綜合座談會中，我們可以看到幾個不同的視角。

在座談會中，目前任職臺灣文學館館長的中央大學中文系教授李瑞騰說：

當年余光中先生編好《秋之頌》，本意要為梁先生賀壽的，結果只來得及在梁先生逝世周年研討會致意，在梁先生的墓園朗誦紀念他。因為這件憾事，讓我想到：對於老作家的敬重應該及早表達，我這一動念，就策劃了重陽敬老的文藝雅集。梁先生師承白壁德，走的是右系中間路線，足以和左翼作家對抗；他與「新月」關係密切，他開展了散文的多元化敘描。為了紀念梁實秋，設有梁實秋文學獎，有散文獎、翻譯獎，負責單位從《中華日報》轉到九歌文教基金會，目前仍由蔡文甫先生在支撐；希望有機會能得到更大的贊助力量，臺師大或者可以考慮接手。近年來，大陸積極重印梁實秋的作品，一些詮評，也漸漸能還原歷史面目，這對梁先生的學術、文學研究，都是持平的好現象。梁實秋是臺灣的五四傳承人物，如果檢視傳承的跡象：孟瑤在中興，琦君在中大，張秀亞在輔大，現在我們期待梁實秋在師大，同樣都能發展出一番景象來。

梁實秋早年的學生、前聯合國資深翻譯官陳達遵接著發言：

當年在香港考取師大（當時稱作省立臺灣師範學院）英語系，唐君毅先生說：「福氣，去了臺灣好好向梁實秋先生學習。」那時梁先生當系主任，接見學生時，一臉笑容，溫藹親切。當時梁先生與英千里分別在師大、臺大擔任重要的課程。一九五二年傳說梁先生要轉任臺大的風波，學生們訴願請他留駕。梁先生原來在臺大兼課，從此以後不再兼課，專心在師大授課。我四年級時，剛巧梁先生把「英國文學史」的課程讓出去了，上不到梁先生的課，大家就組了小劇團，自己編獨幕劇，學著演英語話劇，梁先生在哈佛演過話劇，就請來當我們的指導老師。他朗誦英詩，聲音略帶沙啞，帶點北方口音，但流利清晰。示範朗誦時，常常自己感動得掉眼淚。在他的指導之下，我們進步很快。他上課全用英文，下了課只講中文。他除了讓學生英翻中，也試著讓學生把《世說新語》數則翻譯成英文；他自己也翻譯出來，讓學生參考改正，所以他的翻譯教學是中英並重的。

中國社會科學院近代史研究所現代政治史研究室研究生院教授聞黎明教授在座談會上，第三位發言：

梁實秋和聞一多是最好的朋友，但是他們兩人真正在一起只共同生活了四年。兩人之所以成為好朋友，是因為有共同之處，他們有共同的文藝觀。他們致力的範圍雖然有別，聞一多學美術，論藝術，評俞平伯；梁實秋學文學，討論文學，評康白情。綜括來說梁實秋也不全受老舍的影響。梁實秋出版的書，像《古典的與浪漫的》、《文學的紀律》等，都是聞一多做的封面設計。聞一多在西南聯大撰寫〈宣傳的藝術〉，明顯在支援梁實秋。聞一多在清華十年，最好的朋友就是梁實秋，雖然他們相處只有一年。後來，聞一多的詩集《死水》出版，梁實秋贊助了一百元大洋；另一本《紅燭》出版，也向梁實秋借錢。他們為何到青島大學？據說二人約好一起去的。聞一多介紹梁實秋認識了楊振聲。聞一多把梁實秋寫進自己的詩〈紅荷之魂〉裡頭；兩人政治立場不同，梁實秋被延安批評拒斥。後來聞一多被刺，梁實秋在臺灣戒嚴言論管制的情形之下，還寫了〈談聞一多〉，他的《看雲集》，收錄了聞一多事件的供詞、剪報，也算是為老友表達了無言的抗議。

第四位發言的學者是來自北京人民大學的高旭東教授：

我想對大陸的梁實秋研究做個彙報。自從一九四二年延安文藝座談把梁實秋列入黑名單，直到一九八七年梁先生過世為止，都還沒有解禁。但透過冰心老人與季羨林等人的努力，近年梁實秋的研究相當蓬勃，梁先生在大陸的知名度還超過了徐志摩。季羨林說得好：「難道就因魯迅幾句話，梁實秋就該打入十八層地獄嗎？」梁實秋不僅做批評翻譯，後來大家才知道他還是有名的散文家。八〇年代末，梁實秋的作品全部放上「雅舍」的字樣，翻印的作品也是這樣。二〇〇五年廈門出版了梁實秋的全集，他的傳記在大陸至少有四、五種。我個人寫的相關論文也有十幾篇。目前大陸研究梁先生翻譯作品的比較多，其實他的散文別具風格，他的文學批評具有注重人文主義的特色，也應多加研究。

我帶來四本我個人的相關論著：《梁實秋：在古典與浪漫之間》、《梁實秋與中西文化》、《梁實秋集（大家小集叢書）》、《雅舍小品》，我把它們贈送給師大文學院。

我是第五位發言者，從我個人的機緣，以及我的先生梅新與梁先生的交往談論。家中收藏梁先生的墨寶，結婚時收到梁譯《莎士比亞全集》的珍貴禮物，復刊重印《新月月刊》與《學文》雜誌，編輯《新月散文選》與《新月小說選》等事。並談及梁先生晚年豁達，活得非常帶勁；臘八生日到張起鈞老師的「好喫之家」慶生等等。

最後一位發言者是學者兼詩人、任教師大國文系的陳義芝教授，他的時間被占用了一些，說得精簡，特別拈出新詩的創作來說：

我常慨嘆：余生也晚，來不及向梁先生多多請益。記得梁先生過世，我正在《聯合報・副刊》工作，紀念特刊的「編者按」就是我撰寫的。我注意到梁先生除了雅舍散文流布很廣，具有特色之外，梁實秋的新詩也相當突出。梁先生共寫了三十一首詩，例如十九歲寫的〈對牆〉：「滿牆的黑影／倏的縮成繩似的一條」，描摹時間的閃爍，掌握得非常有現代感。據說小說家洪醒夫曾對好友蘇紹連說：「你的詩寫得比我好，你就好好寫詩，我就好好寫小說吧！」朋友相知，各擅所長，不知是否梁先生也要把寫詩專讓給好朋友聞一多，所以全心致力散文寫作？像那麼好的新詩，梁先生中、壯年以後就難得再見了。

五、對照梁先生作品，篇篇有珍寶

整理紀念會議的筆記，披檢梁先生的相關作品來對照，發現篇篇有珍寶。我仿如拾掇起串串珍珠，不禁又沉湎賞玩起來。

為了演講，余光中先生帶來一些資料。主辦單位顧慮他年長，要讓他隨興些、舒適些，為他準備了單人座的沙發；沙發坐起來是很舒服，若是悠閑地敘說梁實秋先生的生平志業，也無不可。但余光中向來嚴謹，是「有備而來」的，坐在沙發上，資料參考、朗讀卻不太方便，他時而站起，又再坐下來，有一點「坐立不安」。余先生的演講很精采，充滿諧趣，但比預期的時間要短，他是寧願有一張牧師佈道的高桌子，不在乎站著演講的。下場後，余先生似有悵憾，幽默地說：「我讓沙發給坑了。」余氏的幽默是不是也有一點雅舍主人的韻味？不知道有沒有關聯，第二天何寄澎教授的演講安排了小桌子，可以坐著演講，也可以一邊翻書。午後座談會，除了主持人前荷蘭萊頓大學副校長梁兆兵站在「佈道」高桌上介紹與會人員，有長形會議桌讓六位學者排排坐，好幾位（包括我）也是手頭帶了幾本書要展示給現場觀眾了解的。

余光中先生談到梁實秋對葉珊說的：「痛飲酒，熟讀離騷，即為名士。」是有來歷的。梁先生的《談聞一多》提及聞一多在清華中國文學系任教五年，引述了馮夷先生一段文字：「聞一多講授《楚辭》時，慣例一邊點了煙，一邊像唸『坐場詩』一樣，他搭著極其迂緩的腔調，念道：『痛——飲——酒——熟——讀——離——騷——方得為真——名——士！』這樣地，他便開講起來。」另外，《雅舍雜文・酒中八仙》也記述：「聞一多酒量不大，而興致高，常對人吟嘆『名士不必須奇才，但使常得無事，痛飲酒，熟讀離騷，便可稱名士。』」梁實秋把好朋友的名言運用得恰如其分，後來的楊牧也有那麼一點名士習氣呢！

李瑞騰教授提及重陽敬老的文藝雅集，當年他主管《文訊》大小事務，原來是他首度規劃的。現在這個活動仍然由《文訊》負責，辦得有聲有色，是許多長者作家年年期盼的盛會。他也長年做九歌文教基金會的顧問，梁實秋文學獎的永續經營，事關重大，也是他熟知而關切的。

這一次研討會，大會請來一位貴賓，具備雙重身分：聞黎明教授既是中國社會科學院近代史研究所現代政治史研究室研究生院教授，也是梁實秋好友聞一多的孫子。他對梁實秋與聞一多等人的文學活動非常熟悉，這些種種正是他研究的範疇。在大會揭碑、會議、餐敘中，他成為大家詢問問題的熱門人物。第一天文薈廳的雅舍晚宴六人一桌，他就被邀請過來，和余光中伉儷、陳麗桂前院長、黃維樑教授以及我同桌，就坐中間，與余先生對坐。我請教他：「《新月月刊》中登載聞家駟的翻譯作品，聞家駟是否和聞一多有關係？我知道聞一多本名聞家驊，民國六十六年雕龍出版社爭取出版這套好雜誌，有關單位勉強照准，條件是國內版必須把一些滯留在大陸的作家名字全部貼過，『聞一多』就全部貼成了『聞家驊』。」聞黎明教授說：「雕龍出版社還挺有水準的。有些書翻印會隨便亂換名字，讓人看了啼笑皆非。」他說：「聞家駟是我的叔爺爺。當年聞一多支持、贊助弟弟出國留學，自己留學美國學了英文，就讓弟弟留學法國學法文。」我說，這不就像早年還很有志行的和珅，自己學文，精通滿、漢、蒙語；就讓弟弟學武，後來在名臣阿桂手下做了大將軍。我還問了，「後來聞家駟怎麼樣，有些什麼發展？」答案是：「聞一多在清華任教，當年有規定，一家人不能同時在同一個學校工作，聞家駟後來進了北大，專力做翻譯工作。」

梁、聞同學四年，是哪四年？梁先生《看雲集・再談聞一多》說：梁實秋與聞一多清華同學一年，在美國又同學一年，在青島大學同事兩年。《談聞一多》對梁、聞的交往記載詳細。聞一多愛好文學，對詩尤其狂熱，在清華最後一年，與梁實秋同學的時候，他推崇郭沫若的《女神》，對詩有自己的看法，寫了長文〈冬夜評論〉，專批評俞平伯的《冬夜》詩集。投稿未被刊用，梁實秋索性也寫了一篇〈草兒評論〉，《草兒》是康白情的詩集，當時和《冬夜》同樣的有名，二稿合刊為《冬夜草兒評論》，由梁實秋出資，交琉璃廠公記印書局排印，列為「清華文學社叢書第一種」，於民國十一年十一月一日出版。

梁實秋、聞一多當年留美，民國十二年九月三日，梁先生到美國科羅拉多溫泉（簡稱珂泉）一個哈佛承認的小大學，氣候涼爽，風景優美。他發信給聞一多，附十二張風景照片，炫耀了一下；聞一多在芝加哥正孤寂煩悶，竟一聲不響地拎了皮箱直接來找梁實秋。聞一多申請臨時進入藝術系做特別生，除了上藝術系的課之外，他分出一半時間和梁實秋一同選修「丁尼生與伯郎寧」及「現代英美詩」兩門課。梁實秋也陪聞一多一同上課，去旁聽「美術史」，課本用的是《阿坡羅》。聞一多學西畫，曾為梁實秋繪了半身像，那張油畫像，「真是極怪誕之能事，頭髮是綠色的，背景是紅色的，真是『春風滿鬚綠鬍鬆』，看起來好嚇人。」余光中先生提及的開車事件，《談聞一多》所記，也是在珂泉的時候。梁實秋和聞一多數人驅車遊仙園，「一多的目的是寫生，我們携帶著畫具及大西瓜預備玩一整天。我的駕駛不精，車入窮途，退時滑下山坡，只覺得耳畔風聲呼呼，急溜而下，勢不可停，忽然車戛然止，原來是車被夾在兩棵巨松之間，探首而視，下臨深淵。」好不容易求援，合力一吋吋把車拉上道路，車子受損，大家掃興而回。

陳達遵先生談到梁實秋演過英語話劇。《談聞一多》敘及：珂泉之後，梁實秋回哈佛，聞一多去紐約藝術學院繼續學畫。紐約中國學生籌劃一場用英文公演的中國古裝劇：《楊貴妃》，聞一多建立了大功，他包辦所有圖畫的工作，包括在「幾十套綢質服裝」上面「畫出錦繡黼黻的圖案」，效果非常好。於是哈佛的中國學生也籌備演出用英文公演的中國古裝劇：《琵琶記》，由顧一樵編劇，梁實秋譯為英文，技術上則求助於紐約經驗。梁實秋飾演男主角蔡中郎（蔡伯喈），演員包括由波士頓來支援的謝冰心等人。聞一多為此戲作古詩有兩句：「琵琶要作誅心論，罵死他年蔡伯喈！」

民國十九年夏天，梁先生和聞一多應楊振聲的邀約到青島大學任教，梁先生主持英文系，聞一多主持中文系，兼文學院院長。《談聞一多》說到：他們應聘之前先去青島觀察，青島「冬暖夏涼，風光旖旎，而人情尤為淳厚」，孔孟之邦，連馬車車夫都彬彬有禮，迥異於北京、上海的人力腳夫。他們「認定這地方在天時、地利、人和三方面都夠標準宜於定居。」一住就同事兩年。第二年，聞一多送家眷回鄉，孤寂，卻轉而研究《詩經》，他在《學文》雜誌第一卷一、三期發表的《匡齋尺牘》就是初步研究的成績。《談聞一多》附錄了他未曾發表的〈兔罝〉解釋。梁先生認為：「這是一個劃時代的作品，他用現代的科學方法解釋《詩經》。」

梁先生寫《談聞一多》時，曾言：「聞一多在昆明那一段，應該留給別人寫，因為我於抗戰期間在重慶，對於一多的情形不太熟悉。」楊振聲也是國民參政員，抗戰時和聞一多都在西南聯大，往往藉他來重慶開會的機會，就向梁實秋報告聞一多的近況。昆明的事，當然也包含了「因危言賈禍死於非命」（《雅舍雜文‧酒中八仙》）。梁先生的《看雲集‧再談聞一多》敘及民國三十五年七月十五日聞一多被暗殺的事件，這篇文章可說就為了這件事而寫的。他引證的七月二十七日重慶《中央日報》二版等等的製版剪報、主犯供詞與排字對照，整整佔了十八頁。他寫作的目的是：「這些報載的消息可以略補我所寫的『談聞一多』的缺漏了。」梁先生的手法，是讓證據說話。《看雲集》

在民國七十三年八月出版，臺灣的言論自由仍受到限制，梁先生不惜碰觸敏感話題，確實用心良苦。

從加拿大特別為盛會回國的英語系退休教授陳秀英與夫婿陳先生告訴我：梁先生翻譯的莎士比亞全集，文星叢書就只出版了二十冊。他們也保存有一套。故居展示的三十七本是後來遠東出版公司的版本。

梅新後來做了編輯人，屢屢向梁實秋約稿，也常與他餐敘，同樣是文學的愛好者，話題不少，他們成為相當親密、無話不談的忘年交。梅新先後為《聯合文學》、正中書局、《國文天地》、《中央日報・副刊》約稿，梅新的點子多，梁先生的文筆和學養以及率真，使他對梅新的邀約，往往有求必應，賓主盡歡。梅新在散文集《沙發椅的聯想》中有一篇〈梁實秋先生的祕密〉，讚美梁先生的短文，簡練明快。梁先生發表於《新月月刊》的〈論散文〉，談到寫文章要能「割愛」，求的就是簡練明快；推究源頭，實是受惠於清華教國文的徐鏡澄先生。《秋室雜文》中收一篇〈我的一位國文老師〉，就敘寫了徐鏡澄先生把他「一眼望到底」，教會他寫文章「不多說廢話」、「有（一點點）硬朗挺拔之氣」、知道「割愛」。這篇文章也說到：「我的學校是很特殊的。上午的課全用英語講授，下午的課全是國語講授。上午的課很嚴，三日一問，五日一考，不用功便要被淘汰。」國文課放在下午，英文課必然是在上午，全用英語講授，嚴格督促。陳達遵先生說：梁先生「上課全用英文，下了課只講中文。」他用英語教學嚴厲督促學生，下課後卻讓師生回復中文對話，隨時在做中英對譯的訓練。有這樣的老師，難怪唐君毅先生要讚說「福氣」了。

梅新的文章還描述了好幾件梁先生耐人深思的事。譬如說：梁先生晚年非常豁達。梁先生一生著述寫稿，從不間斷。過去他編字典，有朋友責備他不務正業，不好好做文章，浪費時間；他不以為然。他晚年趕著校對《英國文學史》的時候，一邊還應承了替香港的《讀者文摘》翻譯一本叢書，據梁先生自己說，那書也不見得是什麼了不起的文學作品，而且不由譯者具名，只是稿酬高一點而已。可是梁先生還是做了，他願意多賺一些稿費。他愈老愈忙，也愈珍惜時間。他最後的寓所位置在辛亥路三段復興南路底，落地窗外，正面對一座青山，山上但見青塚無數，教人看了心裡不舒坦；每天來來往往，吹吹打打的喪葬車輛不知有多少，年紀大的人住這裡容易觸景傷情，朋友們勸他搬家。梁先生總是說：那有什麼關係？誰都有這麼一天，只是有快有遲罷了。每天清晨五點多，他就起身散步到山邊，來回一個小時。這段路上有一所相當具有規模的幼稚園。他說：從這段路上，我看到整個人生，人生就是從幼稚園慢慢走向墳墓，只是有的走得快，有的走得慢。每天面對墳堆，他警惕自己，沒有多少時間可用了，該吃的就快吃，該做而沒做的事，就快做；該說而沒說的話就快說。原來他晚年是這麼豁達，也因為豁達，所以忙得這麼起勁。

梁先生是位美食家，他能吃、好吃，患了糖患病，也還偶爾會忍不住偷吃。他喜歡和朋友小聚，叮嚀要配合他早些開始，早點結束，不耽誤他八點就寢的日常作息。趁夫人離座化妝的時候，他會飛快地用手抓起油炸元宵一類的甜點送入口中，一面向朋友擠眼、縮肩、微笑，那樣子可愛得像個三歲孩子。我從我的老師張起鈞教授那兒也聽說過，晚年梁先生每年的臘八生日，常常是在張老師青田街的「好喫之家」，由童師母為他做些北平的家鄉口味慶生。他們那一代人，北京叫北平，慣穿一襲長袍，瀟瀟灑灑走過陽光燦亮的長廊，這是溫文儒雅的書生寫照。在雅舍伏案寫作、在庭園漫步的梁實秋先生大約也常是身著一襲長袍吧？

關於高旭東教授的四本贈書，文學院院長陳國川先生考慮要讓贈書發揮更廣大的效能，決定把高教授贈送的四本著作轉交給師大總圖書館，總館已編目陳列，歡迎大家索閱。

※我贈送一套雕龍出版社《新月月刊》十四冊及一本《學文》予梁實秋特藏室。也贈送聞黎明教授兩本《學文》。

——《中國語文》第六五四期，二〇一一年十二月。

本文原題〈我所知道的梁實秋先生——從梁實秋故居復舊說起〉，二〇二二年十一月二十一日改題。

彭歌在筆會

彭歌當年由中華民國筆會秘書長王藍推薦入會，兩人和殷張蘭熙一度成為筆會鐵三角，也是畢生知友。從一九六九年成為筆會會員，並被推選為執行委員起始，直到一九九〇年他參加第五十五屆國際筆會大會，見證殷張蘭熙當選為國際筆會的副會長；二十一年間，彭歌參與筆會事務，出席國內外會議，擔任第五任筆會會長（一九七八－一九八四），默默積極奉獻。彭歌是新聞學學者兼報人，又是小說家、專欄作家、散文家，他密集又詳盡地為國際筆會做了深度的報導。當時年輕，記事周全，落筆快捷，不覺留存了豐富的歷史資料。

彭歌參與國際筆會大會的實況報導，具體收錄在《筆之會》、《愛爾蘭手記》、《筆掠天涯》三書中。他為國際筆會第三十七、三十八、三十九、四十、四十一屆以及在臺北由我們中華民國筆會主辦的一九七〇、一九七六兩次（第三屆、第四屆）亞洲作家會議做了完整紀實的深度報導。這些文章都是耗神費力、趕工排版、珍貴難得的報導文學。其他如《筆花》略作四十三屆側記、四十四屆報導；《三三草》的「文學人物」（含五十五屆報導）和《憶春臺舊友》刻畫了多位重要而印象深刻的筆會人物，人物特寫篇幅較一般專欄長些，是相當精采的人物傳記，也有些寫成了精緻美文。彭歌的報導往往兼及時地、歷史、人文背景，我們回顧筆會的重要記事，可以看見彭歌在筆會奮勵的身姿。

民國五十九年（一九七〇），我國筆會在臺北主辦的第三屆國際筆會亞洲作家會議，是中華民國文學界第一回舉行的國際性作家會議，意義非常重大。彭歌首次參加筆會的會議，六月十六日，在中泰賓館舉辦的大會，由彭歌擔任會議開幕式報告。會議諸多記事，最突出的是：日本諾貝爾文學獎得主川端康成受邀來臺與會、演講、日月潭涵碧樓品餚夜譚。其次，會期中論文與報告多達五六十篇，殷張蘭熙編定議程，逐日速記紀錄整理編次，油印分送給一兩百位出席的中外會員。這一點，很多東主國都沒能做到。殷張蘭熙也把譯作中國短篇小說選集《象牙球及其他》（*The Ivory Balls & Other Stories*），贈獻給各國來華開會的代表們。

第三屆亞洲作家會議之後十天，彭歌初次隨團出國參加在韓國漢城召開的第三十七屆國際筆會大會。他撰述〈幽默大師談幽默〉，生動臨摹我國筆會會長林語堂成功的演講及受盡歡迎的丰采，使得川端相形遜色。

第三十八屆世界作家會議於一九七一年九月在愛爾蘭的首都都柏林郊區的東梨瑞舉行，適逢國際筆會成立五十週年的金禧之年。中華民國筆會推派陳裕清、陳紀瀅、殷張蘭熙、彭歌參加大會。這年，聯合國內外有「排我納匪」的陰謀醞釀。因應折衝，四人攜帶去各種相關資料，儘可能地結交朋友。陳裕清的專題報告提供許多論據。「中華民國筆會在三十八屆會議中，終得無變亦無驚。」

一九七二年秋天，中華民國筆會創辦了英文雜誌 *The Chinese PEN*《中國筆會季刊》，長期做當代臺灣文學英譯，向國外推介優秀作品，往往成為國際筆會會場的最佳禮物。

一九七四年第三十九屆國際筆會耶路撒冷大會，議程中有一項涉及中華民國筆會代表權問題。臨行前王藍再三囑託，彭歌上臺發言，報告了陳裕清論文的要點：中國人的傳統文化觀念表現的是「醇厚」，在文學作品上追求的最高境界是「溫柔敦厚」。一百多本《中國筆會季刊》受到讚美，被取閱一空。下午的執行委員會，殷張蘭熙說明中華民國筆會的沿革、近年來積極工作的成績；強調一貫本著筆會憲章的宗旨，致力於文學的創作、增進人與人之間的瞭解。國際流亡作家巴黎分會的會長狄格瑞德（Pavel Tigrid）呼籲：「我們筆會應有自己的立場，不應為任何外來的壓力所左右。」

一九七五年彭歌參加國際筆會維也納第四十屆年會，這年中華民國筆會的榮譽會長林語堂先生當選了國際筆會的副會長。一九七六年四月，我國筆會二度籌辦亞洲作家會議，彭歌受命參與其事。這第四屆的臺北盛會，有紀念林先生榮獲殊榮的意義在內。未料林先生在大會開幕前一個月在香港病逝。四月三十日早晨，全體出席會議的代表們一同到林先生墓前獻花致敬。另外，彭歌的〈石川達三印象〉，介紹受人注目的日本筆會會長石川達三，小說家著作等身，享有聲望，被認定是已故川端康成的繼任人。略談他的著作，記述了他的英文發言。

四個月後，彭歌出席第四十一屆國際筆會倫敦大會，大會議題由詩人濟慈引出，便請團中最年輕的詩人余光中發表論文，他的報告甚獲好評。國際筆會會長普瑞契特提前請辭，西班牙裔、才四十歲的秘魯作家巴爾加斯・尤薩當選為新任會長。一九七七年十二月二十八日，彭歌代表中華民國筆會，陪同國際筆會會長巴爾加斯・尤薩拜會總統嚴家淦。同年十二月，他出席菲律賓筆會主辦的太平洋作家會議，殷張蘭熙、殷允芃同行，留有與巴爾加斯・尤薩等人的合影。

一九七八年彭歌擔任中華民國筆會會長，出席第四十三屆國際筆會斯德哥爾摩大會。大會依照上一屆的辦法，選出兩位「缺席的貴賓」（Guests in honour in absentia），這貴賓是指受到邀請而絕不能來、或已被關進牢獄、或隨時可能會被關進去的作家。為了維持微妙的「中立」，一位選自共產陣營，另一位則選自非共國家。

一九七九年七月，彭歌和殷張蘭熙、費張心漪出席國際筆會第四十四屆巴西里約熱內盧大會。這次以「文學與兒童」做為討論重點。費張心漪在會中提出論文，就中國文化背景與兒童文學的關係，做了簡潔的闡釋。她的梅花系列國畫贈獻給巴西總統、筆會會長及二三文友，隆重而親切。

一九八〇年五月，第四十五屆南斯拉夫主辦國際筆會大會，籌辦不及，臨時改開小型會議，各單位僅邀兩位代表，因政局有變，彭歌未能入境。他與殷張蘭熙在倫敦轉機，利用空檔，拜訪普瑞契特。感謝他任國際筆會會長時推舉林語堂擔任國際筆會副會長。

一九八二年十月，彭歌以筆會會長與作家身分應邀出席吳三連基金會主辦的俄國作家索忍尼辛歡迎宴，撰寫了〈索忍尼辛最長的聚會〉。一九八八年八月，彭歌與王藍到漢城出席國際筆會第五十二屆的年會，遇到北京來的蕭乾；三個北方人一見如故。對於蕭乾那歷經憂患而仍保持著爽朗樂觀的氣度，印象甚深。後來他發表〈患難情——記蕭乾與文潔若〉，此文成為新書《蕭乾與文潔若》的序文。

國際筆會第五十三屆大會，於一九八九年五月八日在荷蘭的瑪斯契特舉行。殷張蘭熙和彭歌出席代表會議，丁貞婉和羅青參加文學討論會。原任的國際筆會會長英國小說家金範士（Francis King）任期行將屆滿；法國筆會的會長達維年（Rene Tavernier）以維護自由、尊重人權、善於協調而勝出，當選了下屆會長。達維年曾到臺灣來訪問過幾次，與我國文藝界交往甚多。一九八八年九月間來華時，他和會長金範士曾晉見李登輝總統懇談。

一九九〇年，國際筆會第五十五屆大會在葡屬瑪地納（Madeira）舉行。達維年於年初病逝，瑞典與荷蘭兩個筆會推舉匈牙利小說家康拉德（George Konrad）為會長候選人。世界大勢，特別是東歐各國的自由化，康拉德順利當選國際筆會會長，正是時代新潮所趨。這年也需要補選一位副會長。殷張蘭熙由十三個單位聯署推選，依會章規定，需要投票獲得三分之二多數票才通過。金範士致辭指出：國際筆會領導階層，需要有傑出的女性加入。今年因李曼女士作古，增選一位女性副會長，合情合理；他以曾任三年會長的體驗，推許蘭熙的種種長處，包括文學品味和待人之真誠；尤其是她的「無私無我」。主席宣布投票的結果，贊成者四十七票，棄權者三票，反對者沒有。全場熱烈鼓掌；蘭熙聲勢之盛，可說為歷來選舉所未見。彭歌見證我國第二位國際筆會副會長的產生，他的掌聲必然最為響亮。

——《走筆大世界——中華民國筆會90／60紀念文集》，二〇一八年十一月

柏楊新創「文學EQ」

「柏楊來囉！」海報貼出來有一段時間了，最讓大家興奮的是，四場活動的標題都很具有強烈的吸引力，且看：

一、文學EQ

二、從宋七力神功到資治通鑑

三、柏楊VS.張忠棟——東西威權政治．民主運動．知識分子

四、柏楊VS.陳芳明——柏楊的小說

校園裡，無論是十七歲年輕的新鮮人，抑或是七十歲的年邁教授，都不免要駐足沉吟，柏楊即將帶來一股清風？一波熱浪？但無疑地，他的光臨，一定對素來略為保守、稍嫌古板的師大造成一些衝擊。

國立臺灣師範大學人文教育研究中心邀請「駐校作家」作系列演講和座談的活動，經過長時間的規畫，很榮幸邀請到柏楊先生來擔任八十五年秋季班的人文講席，總共有

四場活動，兩場演講，兩場座談。人文教育研究中心這項活動的目的，主要是想藉著作家廣泛的生活經驗，補強學院教育的不足；希望人文講席對作家寫作經驗及作品的研討，帶給校園師生更大的啟發。單看題目的設計，大約就可以看出柏楊先生的博學多能，思考活潑，永遠扣緊時代的脈博，能及時敏銳地反映當代的熱門話題。

柏楊是位略帶傳奇性的人物。最近十幾年來，他全力改寫大部頭史學鉅著——《資治通鑑》，人們把他看做重要史學家。事實上，他跟文學的淵源更深。他在五〇年代以郭衣洞的名字寫小說，長篇《蝗蟲東南飛》、中篇《莎羅冷》、短篇小說集《祕密》、《怒航》、《兇手》、《掙扎》，都在五〇年代出版，有了一些名聲，受到文壇重視（見《柏楊回憶錄》頁二二三）。他的報導文學，除流傳甚廣的《異域》以外，為橫貫公路通車而撰寫的《寶島長虹》，樹立了報導文學的典範，這年他四十一歲，從此搖起快筆猛寫雜文，出過二十巨冊的雜文集。在六〇年代，他雜文的名氣很大。後來還嘗試用雜文筆法去寫小說，勇於創新；並且借古諷今，試著把自己寫進神魔歷史之中，寫了《古國怪遇記》這個長篇。除了在《古國怪遇記》露過幾手古詩的根底，他也出過《柏楊詩鈔》，是古體詩詞，抒寫現代情懷。此外他還有兩本兒童文學的創作。在文學的領域裡，他的創作涉及了詩、散文、小說、報導文學、兒童文學。

因此在他撰述重要的歷史論述，包括著名的《中國人史綱》和《資治通鑑》之前，作家展現給我們的，其實是道地的文學家，不是史學家。當柏楊答應擔任人文講席之後，籌辦的幾位教授先生不免要傷腦筋了，究竟該如何設計演講和座談，以精簡的四個場次，讓柏楊把各門各樣的功夫都施展出來？柏楊的著作超過我們所能統計的豐富，所佔的文類無所不包，可惜我們卻只能辦四場研討會。很高興人文教育研究中心主任莊萬壽教授與柏楊先生的精心規畫，可以大致讓大家了解到作家的精神，以及創作的精華。

第一場的演講，講題是：「文學EQ」。柏楊開場就強調命題的重要，就像一個人的名字一樣，小女孩要是名字取得太差，可能還嫁不掉。他謝謝女作家曹又方新作由《愛情遊戲規則》改名為《愛情EQ》所帶給他的靈感。因為曹又方用了《愛情EQ》，他就連想到了「文學EQ」。在柏楊，這只是個小小的聯想，但是，在校園裡，在文學界，拿EQ與文學繫聯在一起，畢竟是非常新鮮的事，不是柏楊來師大，師大的師生們動動腦，也還未必想到這個極有探討興味的詞。

而EQ這名詞本身就新鮮。今年四月，時報文化出版股份有限公司初版了美國哈佛大學教授丹尼爾．高曼著的《EQ》譯本，到七月三十日已經十五刷，它在台灣受歡迎的程度可見一斑。這並不稀奇，它的廣告說：這是「劃時代的心智革命」，書市排行版第一，已狂銷突破十五萬冊。但不管怎麼說，EQ在台灣才不過半年，有一些中、老年人，甚至年輕人，都還沒聽說過這個名詞。人們研究IQ已有一百年，最近才發現EQ很重要，它對人生的影響遠過於IQ。什麼是EQ呢？英文Emotional Intelligence，可以翻譯做「情緒智能」，和IQ（Intelligence Quotient）對照，就譯做「情緒智商」或「感情商數」，是指一個人控制情緒（感情）的智能。拿EQ與文學繫聯起來，確實很新鮮，也確實很有發揮的餘地，以柏楊的文學經驗，選擇這樣新穎、便於發揮的題目，演講已經成功了一半。

柏楊談到中國與西方文化本質的差異，審美的觀點不同。從西方人能坦然欣賞人體的自然美，裸體繪畫和雕刻的受到重視；談到中國女子的裹腳，等於是一半人在折磨另一半人。男士欣賞三寸金蓮的「美」，代價是一半女同胞纏足的痛楚，家家都散布裹腳布的惡臭。西方人讚賞美女，《木馬屠城記》中的海倫，拖累許多戰士十年爭戰，不得休息，但海倫出來勞軍，他們仍然崇拜，仍然讚美，願意為她犧牲生命，在所不惜。中國人卻怪美女是禍水，我們把紂王滅亡的罪過全算在妲己身上，甚至罵她是狐狸精。柏楊從小眼看不人道的纏足，就為人們嘲笑天足而喜愛小腳納悶，懷疑中國人對於美與醜的鑑賞力。也許就是EQ不同，中國人顯然比較缺乏追求美感的經驗，不知道怎麼樣可以過得更好。外國人在聖誕樹下擺放各種親友需要的喜歡的東西，中國人只會放元寶。

難道除了放元寶，就不能放其他東西，讓人喜悅嗎？柏楊在抗戰時曾經參加「三民主義青年團」，曾經輾轉跋涉，回到老家輝縣，投奔叔父，叔叔問他：「帶錢回來沒有？」除了錢，似乎沒有更重要的東西。走過很多地方，看過長江，學過一些待人處事的方法……，這些都比不上錢重要。

中國人的吃是有名的，可是只有吃的文化，沒有吃的文明，只停留在口腔文化。中國人的吃又是殘忍的，「朋友」也可以吃，吃狗，狗是人類的朋友，外國人是不吃的。中國人也吃猴腦，吃天鵝肉，除了桌子什麼都吃，能吃的就吃，不能吃的也吃。他希望我們能發展出吃的文明，餐飲業者從放盤子訓練起，要讓餐具的碰觸，能輕得像美女的嘆息。我們不能再滿足於吃的口腔文化，習慣於粗糙的精神食糧，要鼓勵大家閱讀文學書籍，義大利的黑手黨夜間還閱讀小說呢！文學可以提供讀者反省思考，提高EQ，增強情感、生活的應變處理能力。當一個人經常接觸文學的時候，通過文學，就可以協助自我成長，增加與人和諧相處的能力。有一則故事這麼說的：問孩子問題：白兔看了紅蘿蔔掉眼淚，是什麼原因？一個說：白兔想吃紅蘿蔔，可是吃不起。另一個說：白兔不想吃紅蘿蔔，又被逼著非吃不可了。前者是窮困的，後者是富有的。透過文學思考，我們可以了解各種不同的生存情境。

柏楊說：在最艱苦的坐牢的災難中，幫助他熬過牢房歲月的，正是一些文學名著。《飄》中女主角郝思嘉的名言：「我現在不去想它，我若再想它就要發狂了，我等明天再想吧！」這段話，換成柏楊的EQ，他的感情因應思考就是：「現在我不要想，等出去了再想。」而《基度山恩仇記》結尾的幾句話，也同樣對柏楊產生了莫大的慰藉作用：壞法官的好女兒范嫩婷重複基度山伯爵信中的話：「人類的一切智慧，只包括在四個字裡，那就是『等待』和『希望』。」柏楊懷著希望等待，所以閱讀、寫作都沒有停頓，也才伏下了由文學轉入史學的契機。

國文系陳同學發問：「一個人是不是要經歷過像柏楊先生這樣重大的災難，才能夠寫出深刻的作品呢？」

柏楊的答覆是：「如今的災難已了。中國的歷史曾經是飢餓的歷史，吃苦的歷史。但是，為什麼一定要『吃得苦中苦，方為人上人』呢？人生親身的閱歷當然可貴，描繪起來逼真；但是藉由書本的閱讀，以及合理的想像，照樣可以寫得很好。前面說過，文學可以讓讀者提高EQ的。」

公訓系黃同學發問：「剛才柏楊先生列舉了很多中國人的缺點，難道就沒有一些可貴的優點？」

柏楊其實並非完全否定中國人的性格，中國人當然也有一些長處，但他強調：「我們必須承認自己有缺點，放棄自尊自大的毛病，努力求更好，中國才有希望。我們的民族老化了，老化就要出問題，有問題就得面對它，設法解決。」

柏楊的確擁有迥異於學院正規教育的思考方法，他的痛下針砭，充滿危機意識，很有魯迅「揭出病苦，以引起療救的注意」的味道。

國文系許同學發問：「最近逝世的傅偉勳教授講授生死學，據說他也曾經卜卦算命，以為可以再活十年。請問柏楊先生有什麼看法？又如何面對生死問題？」

柏楊認為：「生死是很無奈的事，不能選擇。我們不應該無緣無故要求一個人死，因為生命很可貴，每個人都是父母辛苦撫育長大成人的。」所以，他很不贊同唐代防守睢陽的張巡，自己犧牲之前，先讓老婆死。筆者翻檢《新唐書》、《舊唐書》，赫然發現這樣令人震驚的記載：張巡為了苦守睢陽城，殺愛妾給軍士吃，搜括城中的婦人吃盡，又吃老男人、小男孩，總共吃掉兩、三萬人。（見《舊唐書》卷一百八十七「忠義」下；《新唐書》敘述比較分散，提及吃掉三萬人，但沒有人抱怨。）覽讀這樣的歷史不免感受到強大的震撼！撇開當代人的精神信念不談，若從其他的角度，諸如人權等等來看，這段歷史真的是很有爭議的。

柏楊說：「自己一直到七十歲的時候，起床時都是一躍而起，真的是『不知老之將至』；這幾年，身體差些，面對死亡，也只好順其自然，因為這是無可奈何的事。」

柏楊這個遊走在文學與史學之間的人，主張人要像海綿一樣地不斷吸收，不斷學習，常保持對新事物的好奇心，保持孩童一樣天真的心思。他為師大師生帶來了文學EQ，自己也學著增進文學EQ，目前他正著手校閱自己改寫的七十二冊、約一千萬字的史學鉅著《資治通鑑》。《資治通鑑》撰寫，前後歷經十年，他要把後來一些「比較成熟」的看法增補到「柏楊曰」裡去。

——《中央日報．中央副刊》，一九九六年十一月十九日

後記

一九九六年，師大人文中心邀請「駐校作家」柏楊先生來擔任八十五年秋季班的人文講席，乃莊萬壽主任擘畫。十一月十四日「文學EQ」開場由我主持。當場我隨手筆記，覺得演講精彩，很有意義，也很有趣味，便利用週末整理報導。十九日柏楊、張香華伉儷閱報大為驚喜。當時留有按語。

素貞按：

「文學EQ」的構思：

一、一個作家的EQ是否有助於文學創作？

二、一個作家的EQ如何運用於文學創作？

三、文學如何助成作家的EQ？

四、文學如何增長讀者的EQ？

問題：EQ是否相近於人生經驗？不全是。是否近於人情練達？亦不盡然。

EQ的研究是否有助於作家的寫作？一定是。卻也未必能增進作家的幸福。

EQ的研究與增進，其實更像是人生的修養過程。

——二〇二二年十一月二十日補記

信德堂的餐敘
——懷念慕沙

劉慕沙（一九三五－二〇一七）已於三月二十九日去了天國。短短的幾天病榻纏綿，她就揮別塵寰，不久在陽明山舉行了花葬，四月二日由信德堂主持了追思禮拜。平日冷清的教堂濟濟多士，文學界及女兒們的友朋佔了多數，慕沙自己的老友，尤其是五、六〇年代朱家來往穿梭走動的文友則相對有限，網路傳遞對於七、八十歲以上的長者大約仍有局限吧。

去年（二〇一六年）四月份，陳祖彥和黃玉燕與我曾約了慕沙在天和鮮物吃營養、清淡還挺可口的午餐，蒸鍋和木瓜牛奶，為的是祖彥和我考慮慕沙需要洗腎，也許這樣合適。後來諸事繁忙，直到九月六日，原來四人組加了康芸薇與朱佩蘭，依慕沙的建議，約定在忠孝復興站的頂好本館十一樓三合院吃港式料理，慕沙臨時告知不能來，朱佩蘭有事，只在餐後來敘舊。等我再由美國回臺，曾與慕沙聯絡，說好聖誕夜七點半去信德堂聆賞音樂會。後來她撥電話告知身體不適，我也小有感冒，終於沒去成。再見面就在今年（二〇一七年）的元旦。我和祖彥前往信德堂陪她做禮拜，被她留下來餐敘，竟是相當豐沛的一場盛宴。姜敬哲牧師與夫人的熱情、兒女的貼心讓人難忘。

原來，慕沙老遠每個星期天趕來敦化南路的信德堂做禮拜，當年是合唱團偶然來這裡表演，她和朱西甯就愛上這家講臺上插了六面國旗的教堂。多年來與姜牧師夫婦及其他教友都已非常熟悉，她也熱心贊助過教堂的許多事務。姜牧師每次禮拜之後都會約集七十以上的老教友及講道的牧師牧師娘、成德銘弟兄一起用餐。我們趕上的餐敘，是他們愛屋及烏，慕沙既如同家人，我們也變成了朋友。這一餐有從福建運來的蟶，幼少年吃過的水產美味——半透明的白色薄殼「公呆」，已多年未見；另有特殊口味的粿，內餡的酸菜別具風味；大塊大塊的雞腿肉從COSCO買來，還有紅燒肉和豆腐、開胃的泡菜、香腸，一大鍋混同紅白蘿蔔、玉米、高麗菜、青江菜及大小丸子的蔬菜湯，鮮美可口。飯後甜點，是姜小姐自己烘製的巧克力蛋糕；後來品茶，還有巧克力糖和花生當佐料。那好茶也不平凡，是日月潭信義鄉原住民採收焙揉的有機紅茶，甘醇芬芳，與日月老茶場的紅玉非常近似。我們的談話，很隨意，圍繞著慕沙的人際關係。我讚美她，有很長一段時期，家中往往高朋滿座，不時也出現一些不速之客，她總會在短時間內魔法般變出許多食物來填實大多只有兩串香蕉就上「朱門」的食客。而五口的朱家，經濟其實絕對稱不上寬裕。女主人忙進忙出，卻是一逕兒笑容洋溢，說起來，她還頗像一尊彌勒佛。

接著來的年關，瑣務繁多，親友餐會，接待朋友，閱讀趕稿；再度相聚，居然已到了三月五日。那天適逢信德堂五十週年慶，會後餐敘教友多人，食物擺滿了長桌；我們想去購買兩道菜，被姜牧師誠懇地阻拒了。這回我聽宋其正牧師講道，聽出一點心得，慕沙很高興。〈路得記〉說明了大衛王的曾祖母是外來女子，耶穌的遠祖，除猶太之外，有外邦的血統；而以色列人的傳統，要照撫貧苦的寡婦，所以弟繼兄娶嫂，富翁繼娶近親的寡婦成為通例。我聯想起匈奴的新任單于往往繼納前任的閼氏，難道初始的用意，也有照撫的意義在？

那天慕沙由外勞阿梅（慕沙說是照顧過父親的家人）陪同，走路沒有上回平穩俐落；她諱言摔跤，眼睛曾傷得烏青。聽說她罹癌，已至末期，探問姜夫人惠卿和阿梅：有沒有比洗腎更嚴重的毛病？都說：沒有。眼神卻透露著不安和無奈。祖彥再要求我向陳文發探問。我知道陳文發想訪問慕沙，不得機會。便先從《冰點》的日譯談起，桑品載的文章牽扯到慕沙也和朱佩蘭對擂，二人都否認，可能桑品載的敘述顛倒錯亂了[1]。

1　桑品載的文章，見〈西出陽關有故人——悼念朱西甯、段彩華〉，許素蘭主編《跨國・跨語・跨世界——臺灣文學史料集刊　第五輯》。〔臺灣現當代作家資料彙編——段彩華〕轉錄。

披閱《文訊》刊列的慕沙著譯書目竟多達五十九本，不免驚訝而敬佩。她的譯作質高而優美，想來初期在譯作上，填補家用必也是一大動力。

五月七日，我與祖彥三度去信德堂聽道、餐敘，確實攜帶了兩道菜，影印《文訊》慕沙的報導，留下來品茶，談說慕沙。讚美之餘，大家也慨嘆。最終病苦的時間縮短，也許肇因於她平日勤快和喜歡活動。慕沙讀竹女時是網球選手，懷天文時還能跑著趕搭公車；至於蹓狗在後山疾行快跑更是家常，她也曾隨著教會服務團去山地鄉分享喜樂。從另一個角度來說，匆匆隱去，未嘗不好，或者是福。「朱媽媽是有福的人。」姜牧師說，花葬時，天氣晴朗，天文姐妹和薛幼春等人靜靜逗留了好一會。等到大家起身，走到停車場，上了車坐好，雨才下了起來。薛幼春也曾在追思會上，形容眾人在花葬之後，感受了奇妙的、幻麗的光影。可惜朱西甯的骨灰沒能一起安置。十九年前，慕沙堅持把朱西甯留在家裡，現在成了懸而難定的事。她的心軟，也包括銅鑼老家的日式房子——電影《冬冬的假期》裡那棟漂亮的古蹟建築，內裡醫院的設備保留得非常完整。她唯一健在的手足是神職人員，不管事，留下來的問題，得由外甥與天文姐妹去處理。天衣說：媽媽自承做得不夠好，不是個好媽媽。聽來也讓人驚異。文壇有名的文學家庭，天文、天心和謝才俊負有文名，天衣文筆也不弱，連孫女兒海盟在內，各有傲人的成就。莫非孩子們太亮眼，太有主見，跟媽媽有了距離？慕沙也寂寞吧！家人各有所忙，她獨自來做禮拜，七十、八十歲生日，都是姜牧師幫她慶生，顧慮女兒們忙碌，連她們也沒邀來一起歡慶。她真的很需要信德堂和這群親過家人的弟兄、姐妹。我和祖彥發現她除了教堂再也約不出來，便直接去了信德堂。雖只有兩度相聚，在最後關頭，也跟天心通了電話，讓天心透過陳祖彥尋找起「小萊阿姨」。追思會後，三姐妹認出了白髮的我，我想起當年內湖一村乖巧可愛的朱家女娃們才念國小，而我則是「梅新阿姨」，那是朱家小狗包包活躍的年代。狗與貓也佔去慕沙不少心神，耗費龐大的開銷。又不知朱西甯的《豚豚本紀》，觀察入微，經驗具足，寫盡狗世界的權力慾望、爭奪妥協與和平溫馨的那個連載長篇，下落如何？

——《文訊》三八〇期，二〇一七年六月

沉穩而靈動
——長懷恩師許世瑛先生

今年（二〇二二年）十一月二十三日，許世瑛老師逝世五十週年了。經過一番周折，據應裕康刊於一九七二年十二月二日《中央日報・副刊》的哭悼文，及李壬癸查檢當年《中央日報》、《聯合報》、《中國時報》的資訊，可以確認這個日期。

許老師是我在師大學研過程中，影響極深、讓我畢生受惠的恩師。如今我已退休多年，閱讀、學思、寫作，並未荒疏。近來逐漸學著知老、認老之餘，以往的長於記憶，竟然不免要質疑、求證了。最近居然臨時添亂，敷演了一齣鬧劇。所幸我還能鍥而不捨，多方探詢，終究得出精準的答案，卻也驚覺今年許世瑛老師辭世五十週年了。

一、應裕康的〈哭　許世瑛師〉

十月十二日，國文系許文齡助教來電，問我：是否記得許世瑛老師哪一年過世？我脫口而出：民國六十二年冬天吧？（我把好友張瑜紀驟然去世的悲痛記憶混同了。）

她說：中研院李壬癸先生也在查詢確切的日期。可是所有的資料都是六十一年。我在師大並非重要角色，怎麼想到問起我來？原來是因為《論語二十篇句法研究》書中，許老師序文談到張老師協助完成。我想，資料不可能全誤，而事隔多年，僅憑記憶，不能做準，應該查證。許老師多麼謹嚴的人，絕不容許有任何差誤。翻查《論語二十篇句法研究》序文，老師把出書的源起和經過都詳細交代，民國六十二年四月出版。扉頁題贈語：「這本小書是用來獻給內子華姍女士的。」說明：失明以後，許師母長齋禮佛，祈求佛菩薩保祐。盡心照拂，使他能莊敬自強，處變不驚，繼續從事教學和著述。序文交代：《論語二十篇句法研究》是逐篇由老師口述、我與何淑貞筆錄，在《中華文化復興月刊》起訖某年某卷某期發表。我和何淑貞通電話，覺得序文「今年」云云，與出版時間不會差太遠，全書又無一語提及許老師已去世。或者就是六十二年？不，民國八十八年（一九九九）出版的《紀念許世瑛先生九十冥誕學術研討會論文》，只有應裕康說到六十一年十一月。還是要向這兩年相關學友查詢。詢問謝新瑞，許老師指導他的論文《孫子語法探究》，他翻找到民國六十三年出版的《許世瑛先生論文集》不全，其中兩項資料，應裕康僅說六十一年十一月，邱燮友則說二十三日聞訊，昨晚去世，似即網路資料：卒年「一九七二年十一月二十一日」的依據，仍差一天。我再與姚榮松聯繫，他由陳新雄指導，對這問題也不詳。我又想起竺家寧，他跟許老師研究聲韻，在師大常遇見他陪老師來，引領上樓授課。姚榮松與他傳 Line，很快獲知：「記得是民國六十一年，那一年正好修畢碩士課程。」有特定的事件記得清楚，當是對的，但他也記不得日期。我推敲半天，唯有去國家圖書館一趟，查閱當年的《中央日報》，務必找到答案。

我學習在線上閱讀電子報，五年前開端，花不少工夫，寫了幾篇報導文章，刊在《投影為風景的再生樹》。現在重溫笨拙的辦法，查閱到十二月二日這天的《中央日報・副刊》，中間有「哭」、「師」，放大放大，欣喜得要叫出聲來。在版面不盡方正的中欄，赫然是應裕康的〈哭　許士瑛師〉一文，雖「士」字可疑，「應裕康」署名，首段敘筆句句真實，「士」字或是手民之誤。哭悼文詳敘驚聞噩耗的經過：回溯十一月二十日，和老師一起由淡江回臺北，一路討論切韻與唐韻分韻異同的問題；二十二日又同在輔仁大學有課，車中坐一起聊天。二十三日下午，（在輔仁大學）[1]到車邊跟老師說再見，不知不覺竟跟上了車，老師問起，便說臺北有事。到了西門，又說要到師大去，竟又一同坐上計程車，「當時聽您說有點熱，王助教便幫您脫了風衣」。下車時，

[1] 輔仁大學有交通車，經過西門，可以下車，改搭計程車回家。文章沒交代清楚，我推論括弧說明。

老師說再見，不想便是最後的話別。其實他到師大並沒什麼事，打了個轉就出來了，「當時有一種茫然無所歸的感覺，心悶得很。」當天晚上，淡江系主任龍良棟告知：老師住進宏恩醫院，不意第二天一清早就去世了。應裕康那天下午莫名所以，多挪時間和許老師面敘閒聊，道別後感覺「茫然」、「心悶」，娓娓敘來，無限哀傷。在民國八十八年四月十七日的「紀念許世瑛先生九十冥誕學術研討會」上，應先生回憶起那天下午，據說老師覺得氣悶，可能心臟就不適[2]，當夜住院，次日清晨竟因心肌梗塞辭世。一向身體很好，也才做過體檢，猝然傳出噩耗，讓人震驚沉痛。

李壬癸先生查證到：當年各報資訊，《中國時報》、《中央日報》、《聯合報》一致都是「許世瑛先生十一月二十三日凌晨辭世。」應裕康二十五日撰文，不太可能記錯。我再細讀哭師悼文，發現中段敘及：以往去老師家，一到門口，老師就辨出是應裕康，「二十三日我冒著密密的細雨，步到您家門口時，卻再也聽不到您那熟悉的聲音了。」前文「二十三日下午」寫錯，或《中副》又誤植一字，當是「二十二日下午」。原來二十二日師生一同搭輔大校車去上課，午後許老師要回家……當夜發病住院，

[2] 我當年隨手記下的會中諸賢憶往。應先生哭悼文中：「當時聽您說有點熱，王助教便幫您脫了風衣」，也許就是一點徵兆。

二十三日淩晨辭世。

後來，我借閱到三大厚冊的《許世瑛先生論文集》，一切答案都在其中。我自己也寫過〈許世瑛老師二三事〉，以上時隔半世紀的考證，全屬瞎忙。大有收益的是，震醒我輩受業學生，重拾記憶，做點功課，追思懷想一代聲韻、文法學的師表。我知道，十二月的《傳記文學》、《國文天地》業已刊出李壬癸、姚榮松、竺家寧的精采文章。

二、專精文法和聲韻，沉穩而靈動

民國六十三年出版的《許世瑛先生論文集》三大冊，師母華姍女士題字，每頁八百一十字，不計紀念文，共二六二二頁，兩百一十二萬三千八百二十字。共二六八二頁，聲韻、文法、文學作品的析論，廣泛龐大的搜羅，沉厚的學養，細密的辨析，包含統計的精細，他長年的眼疾都被他克服了，治學的功夫令人無限敬佩。難得他的學問，深入淺出，對於許多疑難紛擾的困結，他都能嘗試解說清楚。他交予師大學生刊物《文風》的聲韻論題是〈從中原音韻 ian 與 ien 韻母說到國語的 ien 韻母〉，這麼切合學生學習的，稍加深入、而又平淺解說的論題。老師在課堂上，可是一本正經地趕課，從來不曾花時間談及他正做的研究。他授課，真是意氣飛揚，靈活生動。

民國九十五年（二〇〇六）七月初，我由於假牙鬆脫，再去找景美陳牙科陳醫師，他是三十年來我慣找的牙醫，很親切健談。一聽我來自師大國文系，他居然跟我聊起許世瑛老師。四十幾年前他去志成補習班上許老師的國文課，驚訝得很，國文課竟可以上得這麼精彩有趣。經他一講，發現文言文那麼優美，也不覺得怎麼困難；他可以一個字一個字地解說得清清楚楚，來龍去脈，笑咪咪地跟你交代明白。陳醫師說得很生動，許老師講課確實精彩。他專精文法和聲韻，他的文法和聲韻可絕不是支離破碎的小學，尤其文法的研究，大大有助於文章的欣賞和講授。有人說，你必得懂了文義，才能分析文法；其實也不全是這樣，你可以藉助文法的分析來測試最妥貼的詮釋。許老師戴著兩千度的近視眼鏡，書捧得快貼近鼻子。上大二「國文文法」的時候，教本是他自己撰寫的《中國文法講話》。每個條例中的例句幾乎都能背誦，有些例句一些複雜的前因後果，我們往往聽著他講故事一般說明清楚，用來印證非得如此這般歸納入某一條例不可。偶爾課後攔了他問問題，他常要插入：「你講閩南話的對不對？北部人對不對？」後來才知道，許老師憑他的專業和經驗，可以根據一個人的發音狀況，準確地分辨這個人來自哪個族群、哪個地域。

老師做學問沉穩紮實，表述卻能靈活生動。大學階段許多學生視文法、聲韻為畏途。課堂上，老師紮紮實實講課，進程緊逼；但他的講解清晰流暢，分析歸納，條理分明，多方舉例，靈活導引，讓人牢牢記憶。

許老師也教會我善用閩南方言的優勢解析聲韻。我五三級國四甲班上有香港、安徽結褵的班對，七年間，夫人入境隨俗，學會廣東話，能用廣東話教書。他們由香港回臺，我們一起帶著孩子去中影文化城。面對著許多蠟像，她為兩位廣東娃兒細細講解。我聽見她多次解說蠟像古代髮髻上的「簪」，總是說成「n」韻尾，而不是「m」韻尾，便笑嘻嘻地說：「你說錯了。」她嬌滴滴地回嗆：「哼，你又不會說廣東話，怎麼知道我對啦錯的？」我說：「就憑我的聲韻學知識。你用你的國語發音，不是廣東話，不信，請問梁兄哥就好了。」大學時電影《梁山伯與祝英台》火紅，有些人連看好多遍，宿舍裡洗澡、洗衣時，到處可以聽到有人哼唱黃梅調。這香港同學姓梁，大家就喊他「梁兄哥」。寶貝太太的他有些尷尬，連連說：「張素貞是對的。」我很清楚，「簪」字是侵尋韻，廣東話和閩南話一樣，會收「m」韻尾。我講解杜甫的名詩〈春望〉，也會藉機教導學生們辨識韻腳「深、心、金、簪」，讓學生試用廣東話、閩南話、客家話實證唐代的侵尋韻「m」韻尾。我不好意思告訴他們，當年我的聲韻學得了高分，一定跟我的方言多樣，可以助我推衍、記憶有關係。而且也因此大三下學期，還由黃淑瓘助教通知我全系第一名，可以獲得教育部人文學及自然科學獎學金五百元。印象深刻的是黃助教怪我不好找，「自己拿了全系第一名都不知道！」這個獎金不是自己申請的，而是當然付予的。其次是獎金全額一千元，臺大、政大學生照領一千元，而師大學生已領公費，折半，只有五百元。我很納悶，大學四年，我從來不曾曠過課，黃淑瓘若在課前課後到教室來，一定能找到我的。而讀師大的學生大多緣於貧困窘迫，教育部怎會這麼計較？我記得大四上學期也獲得獎金五百元[3]，捨不得請客，正好做為畢業旅行的花費。

我第一次去許老師位於和平東路二段七十六巷的宿舍，是陪張愛輝同學去向老師請託志成補習班額外給她弟弟一個補習的機會，似乎是過了報名時間什麼的。老師二話不說，爽快答應了。那時大二，登門拜訪請託，在我可是新鮮的經驗。正是這個記憶，當陳牙醫跟我說起到補習班上課時，我立刻說出「志成補習班」，那可是當年出名的熱門補習班。陳醫師說，許世瑛老師是臺柱。我們後來理解，當年教授薪俸微薄，很多人都必須兼課貼補家用。上許老師大三的聲韻學，大約還重複過「你講閩南話的對不對？」的遊戲，因為老師重度近視，看我們可能都模模糊糊差不多。

真正「親師請益」，跟許老師熟悉起來，是我畢業後到古亭女中任教時。備課時很

3 我結業教書，第一次的薪資是八百二十元。

許世瑛先生與張素貞合照

左圖於師大大禮堂前，右圖於師大總圖書館前，約攝於民國56年（1967）夏。

自然我也是一字一句地推敲。有些不能完全肯定的分析與詮釋，相當時候就去一趟和平東路二段七十六巷三十二號找許老師求證，真的是求證。他笑嘻嘻地一點頭，我的快樂便融入了成就感。這種夜晚，偶爾也能見到清雅高貴的許師母，聽她那滿口清脆甜美的地道京片子，許老師那毫無鄉音、爽朗暢快的男音就被壓場了。看向許老師，他倒是不無得意，一逕兒嘴角掛著微笑。

許老師關懷學生，自詡「消息靈通人士」，到他家中走動的學生多，他的記性又特別好，由於視力不佳，他練就能聽音辨人[4]。

4「紀念許世瑛先生九十冥誕學術研討會」中，我當年隨手記下的會中諸賢憶往。丁邦新說：他能以聲辨人，遙遠的距離都能如此。

誰結婚了？誰考中研究所了？甚至誰跟誰戀愛了，誰在哪個學校教書，他往往在客人來家裡時就談起相關的人與事，倒不一定是傳聞，多數是實錄。我進研究所第一年，黃淑瓘正攻讀博士，我們一起選修許老師的古文法。我們還同時懷著身孕，彼此帶著腹中的胎兒聽課。黃淑瓘是國文研究所第一位在籍的女博士生。因著黃淑瓘，我也就知道了黃少甫。

三、口述著書，摸索書籍，校對清零

研究所畢業後，我留在系裡做了一年助教。許老師的眼疾嚴重了，手術失敗，視力勉強可用的眼睛視網膜剝離，他完全失明了。達觀的老師仍舊由專業助理陪同到師大，還有一直淵源甚深的臺大、淡大、輔大上課。助理如古時的「相」，引領他進出教室，為他寫板書，他照常沉醉在他熟習生動的講課中。外子梅新曾在史學家兼美食家、散文家逯耀東屬下，擔任《中華文化復興月刊》的編輯，此時逯先生尚未接編。我們商量向許老師邀稿，請許老師做文法解析的工作，由我來朗讀文本，筆錄老師的口述，再複誦讓老師修正，然後刊印發表。老師選擇了《論語》，欣然動「口」，總標題是「論語二十篇句法分析」。後來以文法研究撰寫論文的余若昭與何淑貞也加入；最後臨出書前，又經多年講授文法、漸有新主張的大弟子戴璉璋全盤審校，修正一些由於記錄兼討論者功力尚淺而分析不夠精密的地方，多數是有多重可能的「複句關係」等等，和《中國文法講話》一樣，交由開明出版，這就是《論語二十篇句法研究》。二〇〇三年我在韓國成均館大學講學，和研究語言學及《論語》的學者邊瀅雨教授交談，他很讚賞許老師的《論語二十篇句法研究》、《中國文法講話》，說兩本書對他的《論語》韓文詮釋幫助非常大。

從許老師《論語二十篇句法研究》的自序看來，「論語二十篇句法分析」最後一篇刊在「今年四月一日」，細按《中華文化復興月刊》五卷四期，是民國六十一年四月出刊。足見老師整編快速，其他十九篇早已逐篇逐步複檢修正，只等這篇完工。序文早就撰寫好了，此書原擬六十一年出版的，不知何故（或者正是由於老師突然辭世），延宕到次年六十二年四月。

在這段口述筆錄期間，記得是約在每星期某天午後兩點，常常是我還未到達，老師已經開了門笑著招呼。他說：「張素貞嗎？聽得出是你來了。」以足音辨人，確有實證，許老師果然聽覺靈敏。還有幾件震撼我心的事：一次為找某本書來比對某字某句的意義，我說我去拿，老師的書房就在一牆之隔，許老師說：「你不一定找得到，我自己來比較快。」他一轉身，熟門熟路，順著書架，果然三兩下就摸索到那本書。第一次領了稿費，我把信封套交給他，他抽出兩張綠色鈔票，一張再一張放在桌上，重複說：「這是一百元對不對？」再取出一張紫色鈔票，說：「這是五十元對不對？」[5]我睜大眼睛，簡直不敢相信他需要我協助才能看書。他說：「你們視力好的人都不知道自己的觸覺有多麼棒，大家都憑視覺來辨認鈔票，只知道顏色不一樣；你們不知道，每種鈔票的觸感都不一樣。要不要試試看？」我真的試試，果真不一樣。他給我的驚奇不只如此，他要我收下兩百五十元，算是車馬費。這出乎意料之外，我的初衷是要為老師排遣失明的落寞，何況「有事弟子服其勞」，我藉此學習到的東西可多呢！我們辯論起來，老師說話真快，道理也不少，他是新派人，他有新想法，他援引了胡適的作法，應該給的，應該收的，否則下回不敢讓你做了。他說：「你就恭敬不如從命了。」現在回想，當時沒有研究計劃，老師的做法其實有點像讓我做研究助理的意思。

另一件印象深刻的事是：許老師和師母每年必定要邀請一些協助他教學的學生圍成一桌吃飯，我因此除了師大的學長之外，還認識臺大、淡大、輔大的一些研究學者，這

[5] 民國六十年前後，當時的壹佰元、伍拾元鈔票是綠色、紫色。

批人後來大都成就可觀。記得當時竺家寧由淡江考進師大，還是研究生，常見他陪老師到師大來，引著老師走上行政大樓的三樓去上課，兩人默契良好。一次在老師家巧遇，見他跟老師談及一篇文章，發願要校正到零錯字。我是急性子，處理校稿難免疏漏，也曾被許老師糾正過，赧顏愧怍，其實我也是非常求好的人。原來許老師的筆錄稿不止《論語》，他慎重，還讓其他學生互相參校，秋風掃落葉呀，校稿並不容易。從此我自己處理稿件，總是字斟句酌，再三核對，力求完美。近年來，我在文壇，就因校讎精準，被李瑞騰點名過；隱地甚至為了協校他的一本書達到零錯字，而邀請我會同著名文友白先勇、王正方等人吃了一頓美食。

許老師在民國六十一年的冬天因心肌梗塞過世，他其實才做過體檢，心電圖並未看出異狀。事出突然，大家心情都很沉重。許老師沒有子女，治喪期間，家中便由各校學生排班輪流照應，在師大念學士、臺大念碩士的樂蘅軍負責排班。我當班時，聽到許師母悲傷的聲音在問：「有沒有壯丁啊？」淡江的王仁鈞立即大聲回應：「有。」趕上前去做「粗活」。後來在十普寺許老師的追悼會上，學生們也是不分校別，一起來追念敬愛的老師，男士們扛著一箱箱的紅色寶箱祭祀，女士們雙手不停地摺疊著銀錠。五十年了，至今常懷念許老師，南昌街十普寺，當時臺大的林文月、宋淑萍，輔大的包根弟等人莊重、清麗的形影都還清晰可見。

——寫於許師世瑛先生逝世五十週年

《中國語文》第七八五期，二〇二二年十一月

二〇二二年十一月補正

——筆者已續撰〈半世紀重讀《許世瑛先生論文集》——追思懷想一代師表〉

刊《中國語文》第七八九期，二〇二三年三月

附錄　張素貞近作年表

篇名	發表處
《紅樓夢》中的一則童話——耗子精變香芋（香玉）	《中央日報・長河》，一九九三年九月二十二日。
徐志摩〈翡冷翠山居閒話〉的多元複句結構	《中國語文》第七十七卷第一期，一九九五年七月。
畢淑敏的〈翻漿〉——人性的測試	《中國語文》第七十九卷第二期，一九九六年八月。
柏楊新創「文學EQ」	《中央日報・中央副刊》，一九九六年十一月十九日。
《長河不盡流》記要——關於沈從文	《中國語文》四七六期，一九九七年二月。
劉大任短篇小說的語言藝術	「新世紀華文文學發展」國際學術研討會（元智大學主辦）論文，二〇〇一年五月十九日。
臺灣文學理論先驅——葉石濤先生臺灣師大人文講席側記	《國文天地》第十七卷十八期，第兩百號，二〇〇二年一月一日。
掃描二二八的集體記憶——舞鶴的〈調查：敘述〉	《中央日報・中央副刊》，二〇〇二年三月十六日。
心中事・藝文緣——《樹猶如此》導讀	《中央日報・副刊》，二〇〇二年五月十四日。
臺灣文學研究的幾點補充意見	《文訊》二〇五期，二〇〇二年十一月。
張系國《昨日之怒》導讀〈保釣前後〉	《中央日報・副刊》二〇〇二年十二月十三日。
細水長流	《三民五十年》，三民書局，二〇〇三年四月十日。

篇名	發表處
人文空間的視角——金明求《空間的移轉與流動——宋元話本小說的空間探討》序	長安出版社，二〇〇三年十二月二十四日。
五、六〇年代潘人木小說面面觀	「戰後臺灣文學與思潮——以五、六〇年代為主」國際學術研討會論文（東海大學主辦），二〇〇三年十一月三十日。刊《戰後初期臺灣文學與思潮論文集》，臺北：文津出版社，二〇〇五年一月。
旋乾轉坤，變丑為生——〈孔乙己〉改編為越劇	《中央日報．副刊》，二〇〇四年三月十八、十九日。後增補、加註，發表於韓華學會第三屆學術發表會（韓華學會舉辦，在韓國漢城特別市教育大學校人文館舉行），二〇〇四年五月八日。
從自卑到自信，從附庸到自主——畢淑敏的心理治療長篇小說《拯救乳房》	《中央日報．副刊》，二〇〇四年七月二十三日。
記憶．綜括．辯解——余秋雨《借我一生》短評	《中央日報．副刊》〈閱讀〉專刊，二〇〇四年九月十九日。
先行者的沉思——陳映真散文集《父親》	《中央日報．副刊》〈閱讀〉專刊，二〇〇四年十月十七日。
時代的印記——八〇年代潘人木小說	《中央日報．副刊》二〇〇五年十二月二十二、二十三日。
《韓非子．儲說》中的小說創意	「第五屆先秦兩漢文學研討會」（北京師範大學文學院古代文學研究所承辦），二〇〇六年四月一日，收入《慶祝黃錦鋐教授九秩嵩壽論文集》，二〇一二年六月。
人前亮三分的生命之歌——潘人木後期的文藝創作	資深兒童文學家——潘人木作品研討會論文，中華民國兒童文學學會，二〇〇六年十一月十八日。《資深兒童文學家——潘人木作品研討會論文集》，中華民國兒童文學學會，二〇〇七年二月。收入〈臺灣現當代資料彙編〉17潘人木，國立臺灣文學館，二〇一二年三月。

篇名	發表處
楊念慈的《大地蒼茫》——人如何安身立命？	《文訊》第二五八期，二〇〇七年四月。收入〈臺灣現當代資料彙編〉93楊念慈，國立臺灣文學館，二〇一七年十二月。
自然生色——鹿橋其人其文	《文訊》第二六一期，二〇〇七年七月。
細密見真「張」——莊信正的《張愛玲來信箋註》	《文訊》第二七四期，二〇〇八年八月。
嚴歌苓的《小姨多鶴》——委屈湊合底事忙？	二〇〇九年二月五日。
彭歌的新作《惆悵夕陽》——兩岸知識分子的對話	《惆悵夕陽》序，三民書局，二〇〇九年十月。《文訊》第二八九期，二〇〇九年十一月。
《聊齋志異．細柳》——慧女不如呆漢？	《中國語文》第六三三期，二〇一〇年三月。
話說尤物——女人是禍水嗎？從《左傳》到〈鶯鶯傳〉、《西廂記》	《中國語文》第六四四期，二〇一一年二月。
我所知道的梁實秋先生——從梁實秋故居復舊說起 「紀念梁實秋先生國際學術研討會」記事——從梁實秋故居復舊說起	《中國語文》第六五四期，二〇一一年十二月。 二〇二三年十一月二十一日改題。
李潼的少年小說《我們的祕魔岩》——成長與尋根的故事	《文訊》第三一八期，二〇一二年四月。
細論張愛玲的〈相見歡〉	《中國語文》第六五八期，二〇一二年四月。
時代淬礪的「英雄」姿采——楊念慈的《少年十五二十時》	《全國新書資訊月刊》第一六三期，二〇一二年七月。收入〈臺灣現當代資料彙編〉93楊念慈，國立臺灣文學館，二〇一七年十二月。
《血色湘西》——血性與癡情	《中國語文》第六六七期，二〇一三年一月。

篇名	發表處
天人交會，古今融通——讀李潼的少年小說《望天丘》	《文訊》第三一九期，二〇一三年三月。
望晴復望秦——古華的古風歌吟	《望秦樓新樂府集》序。《文訊雜誌社》，二〇一五年八月。《文訊》第三五六期，二〇一五年九月。
施叔青的臺灣歷史小說《行過洛津》	《中國語文》第七〇一期，二〇一五年十一月。《鹽分地帶文學》雙月刊六十二期，二〇一六年二月二十九日。
彭歌研究綜述	〈臺灣現當代資料彙編〉71，國立臺灣文學館，二〇一五年十二月。《文訊》第三六三期，二〇一六年一月。
巴馬百歲人瑞命名的謎底	《文訊》三六六期〈銀光副刊〉，二〇一六年四月。
楚天和夢遠，湘水照愁多——閻莊的《日月詩篇》	二〇一六年六月八日成稿。
鍾靈毓秀，再現華采——林黛嫚的《華嚴小說新論》	《華嚴小說新論》推薦序，國家出版社，二〇一六年七月。《文訊》第三六九期，二〇一六年七月。
卻顧所來徑—回首文學人美好的七〇年代	《回到70年代——七〇年代的文藝風》序，爾雅出版社，二〇一六年七月。刊《中國語文》第七一六期，二〇一七年二月。
《度有涯日記》詩筆憶述，見人所未見——與鼎鈞先生書柬	二〇一六年七月八日。
歷史故事改編的越劇《韓非子》——嚴肅的命題如何浪漫起來？	《國文天地》三八〇號，第三十二卷第八期，二〇一七年一月。
韓秀的《塞尚》——精緻的藝術家傳記	《文訊》第三七六期，二〇一七年二月。

篇名	發表處
開闊而豐饒的新天地——《國文天地》初創的二十四期	《中國語文》七一六期，二〇一七年二月。收入《投影為風景的再生樹》。
從《湍流偶拾》談繆天華先生的文藝創作	《中國語文》七一八期，二〇一七年四月。
信德堂的餐敘——懷念劉慕沙	《文訊》三八〇期，二〇一七年六月。
略談《臺灣時報・副刊》梅新主事的企畫編輯	二〇一七年五月三十日完稿，七月十日修正。收入《投影為風景的再生樹》。
《大珠小珠落玉盤》——《臺灣時報・副刊》的當代名家談藝錄	《中國語文》七二一期，二〇一七年七月。收入《投影為風景的再生樹》。
「現代文學討論會」與「鹿橋閑談」	《中國語文》七二二期，二〇一七年八月。收入《投影為風景的再生樹》。
重溫那個熱誠努力的年代——《投影為風景的再生樹》序 編著《投影為風景的再生樹》出版	編著《投影為風景的再生樹》出版。文訊雜誌社，二〇一七年十月。
精緻深密的知性美文——王鼎鈞的《小而美散文》	《中國語文》七二五期，二〇一七年十一月。
回憶早年的中華民國筆會（彭歌原著，張素貞整理）	《民國文學與文化研究集刊》第二期【史料鉤沉】，二〇一七年十二月。
現代詩話——余光中的「彩石」評文	《中國語文》七二七期，二〇一八年一月。
釋放石頭靈魂的藝術家——米開朗基羅	《中國語文》七二八期，二〇一八年二月。
詩人大願——《現代詩》復刊初期	《創世紀》第一九四期，二〇一八年春季號。
李潼《明日的茄冬老師》——人在想念中	《中國語文》第七三二期，二〇一八年六月。

篇名	發表處
彭歌在筆會	《走筆大世界——中華民國筆會90／60紀念文集》，二〇一八年十一月。
楊喚、葉泥與《南北笛》	《國文天地》四〇二號，第三十四卷第六期，二〇一八年十一月。
豐子愷筆下的黃金童年與鄉土人物	《中國語文》七三八期，二〇一八年十二月。
細說《詩的偏見——向明讀詩筆記》	《文訊》第四〇一期，二〇一九年三月。
詩人自有定見——細讀《詩的偏見——向明讀詩筆記》	二〇二二年十一月修訂更名。
一體三相的詩雜誌《南北笛》	《文訊》第四〇一期，二〇一九年三月。
《拉斐爾》——文藝復興的天縱英才	《國語日報．書和人》，二〇一九年三月。
《拉斐爾》——文藝復興的天縱英才（節錄）	《幼獅文藝》七八四號，二〇一九年四月。
顏元叔的兩篇幼童敘事觀點小說——〈夏樹是鳥的莊園〉、〈年連痞子〉	《中國語文》七四四期，二〇一九年六月。
婉曲藏閃，逐層揭祕——談楊明《松鼠的記憶》	《中國語文》七四七期，二〇一九年九月。
多重敘事的參差映像——蕭鈞毅的短篇小說〈記得我〉	《中國語文》七五〇期，二〇一九年十二月。
劍橋博士純美深蘊的兩地情書——陳志銳的《習之微刻書》	《中國語文》七五一期，二〇二〇年一月。
畫藝超前的巴洛克藝術家——卡拉瓦喬	《中國語文》第七五四期，二〇二〇年四月。
韓秀《倘若時間樂意善待我》藝術編——當藝術置入了小說	《中國語文》七五五期，二〇二〇年五月。

篇名	發表處
韓秀《倘若時間樂意善待我》世情編——愛情、親情、溫情、奇情	《中國語文》七五七期，二〇二〇年七月。
王安憶尋根——《紀實與虛構》中的英雄之壯美	《中國語文》第七五八期，二〇二〇年八月。
小說名家作品精簡綜述——司馬中原、楊念慈、白先勇、王文興	文訊資料中心，二〇二一年九月十八日。
荒漠甘泉《小王子》	《中國語文》七六一期，二〇二〇年十一月。
黃春明《秀琴，這個愛笑的女孩》——笑臉揭開劇幕	《中國語文》七六三期，二〇二一年一月。
找到你的幸福了嗎？——蒙廸安諾《在青春迷失的咖啡館》	《中國語文》第七六八期，二〇二一年六月。
事出沉思——柯慶明《沉思與行動》讀後	《中國語文》七七〇期，二〇二一年八月。
平居有所思——柯慶明的藝文小品	《中國語文》七七一期，二〇二一年九月。
韓秀的新書《風景線上那一抹鮮亮的紅》——無盡的美感與沉思	《國文天地》第三十七卷第六期，二〇二一年十一月。
少年小說《博士、布都與我》——同源分流，互惠尊重	《中國語文》七七三期，二〇二一年十一月。
梅新的詩創作與編輯之路	書展演講，楊宗翰對談，二〇二二年六月五日。
北宋變法考驗了士人德慧——王安石與司馬光之一	《中國語文》第七八〇期，二〇二二年六月。
宋代變法餘波盪漾——王安石與司馬光之二	《中國語文》第七八一期，二〇二二年七月。

篇名	發表處
小說家黃春明的第一本詩集——《零零落落》的奇思妙構	《中國語文》七八二期，二〇二二年八月。
北宋變法考驗了士人德慧——王安石與司馬光（新論新探）（論文）	《孔孟月刊》第六十卷第十一、十二期，二〇二二年九月。
張曉風仙棒在手——《霽過春山草自香》	《聯合報．D3聯合副刊》，二〇二二年九月十二日。
沉穩而靈動——長懷恩師許世瑛先生	《中國語文》第七八五期，二〇二二年十一月。
逯耀東的《似是閒雲》——散淡不得，聊且書懷	《中國語文》第七八七期，二〇二三年一月。
半世紀重讀《許世瑛先生論文集》——追思懷想一代師表	《中國語文》第七八九期，二〇二三年三月。

釀文學281　PC1097

散淡書懷總關情

作　　者　張素貞
責任編輯　鄭伊庭
圖文排版　黃莉珊
封面設計　王嵩賀

出版策劃　釀出版
製作發行　秀威資訊科技股份有限公司
114 台北市內湖區瑞光路76巷65號1樓
電話：+886-2-2796-3638　傳真：+886-2-2796-1377
服務信箱：service@showwe.com.tw
http://www.showwe.com.tw
郵政劃撥　19563868　戶名：秀威資訊科技股份有限公司
展售門市　國家書店【松江門市】
104 台北市中山區松江路209號1樓
電話：+886-2-2518-0207　傳真：+886-2-2518-0778
網路訂購　秀威網路書店：https://store.showwe.tw
國家網路書店：https://www.govbooks.com.tw
法律顧問　毛國樑　律師
總 經 銷　聯合發行股份有限公司
231新北市新店區寶橋路235巷6弄6號4F
電話：+886-2-2917-8022　傳真：+886-2-2915-6275

出版日期　2023年10月　BOD一版
定　　價　350元

讀者回函卡

Printed in Taiwan

國家圖書館出版品預行編目

散淡書懷總關情 / 張素貞著. -- 一版. -- 臺北市
: 釀出版, 2023.10
面； 公分. -- (釀文學)
BOD版
ISBN 978-986-445-825-7(平裝)

1.CST: 現代文學 2.CST: 文學評論

863.2 112008896